DarkTales

NOTTURNO

A CURA DI
MIKE ASHLEY

Traduzione di Gabriella Diverio

VALLARDI

Antonio Vallardi Editore s.u.r.l.
Gruppo editoriale Mauri Spagnol

www.vallardi.it

Per essere informato sulle novità
del Gruppo editoriale Mauri Spagnol visita:
www.illibraio.it

Titolo originale: *Glimpses of the Unknown: Lost Ghost Stories*

This collection first published in 2018
by The British Library 96 Euston Road, London NW1 2DB

Dates attributed to each story relate to first publication

Published in agreement with
Piergiorgio Nicolazzini Literary Agency (PNLA)

Realizzazione editoriale: Grand Publishing Hotel
Progetto grafico e illustrazione di copertina: Giulia Voltini

Ristampe: 7 6 5 4 3 2 1 0
2026 2025 2024 2023

ISBN 978-88-5505-995-4

Notturno

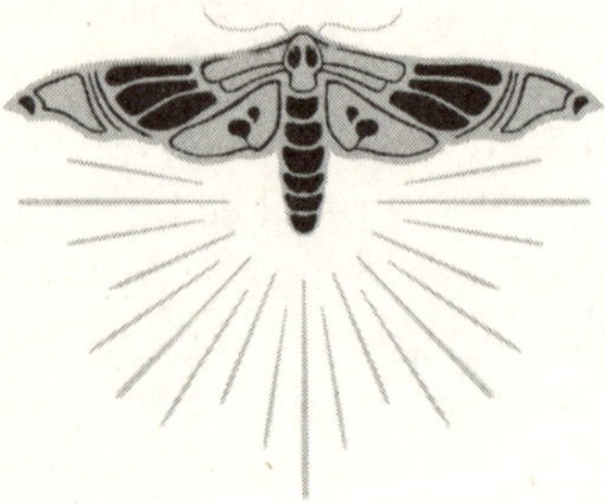

SUL LUNGOTAMIGI

di Hugh E. Wright

I

Conoscete il Lungotamigi? Non intendo il Lungotamigi che potreste vedere frettolosamente dal finestrino di un taxi che vi sta conducendo alla City per incontrare il vostro rispettabile avvocato, per quella faccenda delle fognature a Hampstead; e neanche l'infilata di luci sfavillanti, ciascuna riflessa sullo scuro selciato bagnato, così come si può vedere in una serata piovosa dalle finestre del Savoy, dove siete andati per uno spuntino dopo il teatro; intendo il Lungotamigi alle due del mattino di un giorno di novembre sotto una pioggerellina battente, quando la marea della Londra gaudente si è ritirata lasciando dietro di sé le sue carcasse di legni spiaggiati – e volesse il cielo che fossero almeno asciutti – disseminati sotto i ponti, sulle panchine e negli angoli e recessi più inconsueti, che persino i più ottimisti faticherebbero a definire ripari. Sono brutti e squallidi quei relitti, strapazzati da molti venti e da molte maree, spezzati e deformati da perfide bufere; tetre caricature del passato! Conoscete il Lungotamigi? Ritenetevi fortunati se così non è!

Può anche darsi che ora le cose siano cambiate.

Io sto pensando a com'era quindici anni fa, prima che i tram elettrici stridessero rabbiosi avanti e indietro a intervalli di mezz'ora, turbandone la solitudine e il silenzio con il clangore delle loro campanelle e le loro luci lampeggianti. Hanno il sonno leggero quei derelitti londinesi, e si infastidiscono facilmente: può darsi che si siano spostati in quartieri più tranquilli.

A metà strada tra la Avenue e Westminster Bridge c'è un posto su una panchina che ha una storia, e una sua peculiarità. La sua peculiarità è la seguente: a qualunque ora della notte uno ci passi davanti, e per quanto affollati di umanità degradata possano essere i sedili adiacenti, quello è sempre vuoto. Era vuoto quindici anni fa e lo era stato per i venti e passa anni precedenti; e, a meno che la mano del tempo o il Consiglio della Contea di Londra non abbia rimosso la panchina, sarei pronto a scommettere che è vuoto anche adesso. È piuttosto bizzarro, vero? E ancora più bizzarra è la storia che lo riguarda. Ma non è una storia mia, perciò prima di raccontarvela è meglio che vi spieghi come ne sono venuto a conoscenza.

È successo circa una quindicina di anni fa. In quel periodo lavoravo in ufficio nel turno di notte e la strada per tornare a casa mi portava a percorrere quella parte del lungoargine ogni mattina alle tre e un quarto. Ogni mattina, per una settimana o forse più, passavo davanti a quella panchina, chiedendomi perché uno dei suoi sedili fosse sempre vuoto. Una volta fermai un poliziotto e lo chiesi a lui. Ammise che era strano ma che seguiva l'esempio dei nobili seicento che «non si chiesero perché», e liquidò i miei interrogativi come «semplici fantasie».

Non mi ritenni soddisfatto di quella risposta ma, dopo all'incirca una settimana, il destino mi fece proprio incappare nell'unico uomo di Londra al corrente della storia. Mi venne presentato a una cena al club; aveva una ventina di anni più di me, direi, e, a quanto ne sapevo, aveva fama di conoscere meglio di chiunque altro tutti i recessi più strani di Londra.

Aveva lasciato una carriera di successo nel giornalismo per una di altrettanto successo nella letteratura e io provavo un po' di soggezione nei suoi confronti. Ad ogni modo, a cena si sedette accanto a me ed ebbe la compiacenza di coinvolgermi nella conversazione e di mostrarsi sinceramente interessato a quel poco cui io potevo contribuire.

Durante la cena mi balenò un'idea: *Mi chiedo se ne sappia qualcosa di quel posto a sedere vuoto... Mi piacerebbe domandarglielo.* Ma fu solo arrivati al caffè e ai sigari che trovai il coraggio di dirgli: «Conosco un posticino di Londra che sono sicuro abbia una storia particolare. Mi chiedo se voi potreste essermi d'aiuto».

«Londra è piuttosto grandina come città», rispose amabilmente, «ma se ne so qualcosa ve lo dirò. Di che posto si tratta?»

«A rigor di termini, non può nemmeno essere definito un posto ai sensi della suddivisione di Londra stabilita per legge», dissi esitante. «Adesso che ne parlo ad alta voce mi rendo conto che la mia domanda potrebbe sembrare indicibilmente sciocca. Si tratta semplicemente di un posto vuoto su una panchina del Lungotamigi.»

Si stava portando la tazza di caffè alle labbra, ma la posò all'istante, senza averla nemmeno toccata. «Tra la Avenue e Westminster Bridge?»

«Lo conoscete, quindi?», gli chiesi, con un certo sollievo.

«Certo che lo conosco!», rispose, guardandomi in modo strano. «È ancora vuoto, quindi», aggiunse, quasi fra sé e sé.

«Almeno fino alla scorsa settimana lo era», ribattei, spiegando come facevo a saperlo.

L'uomo seduto di fronte a lui lo coinvolse in un acceso dibattito e per un bel po' non ebbi più modo di scambiare una parola sull'argomento. In effetti, fu solo mentre si stava alzando per tornare a casa che ne ebbi di nuovo l'opportunità.

«Scusate», dissi rapidamente. «A proposito di quella storia.»

«Siete sempre interessato a conoscerla?», fece sorridendo.

«Assolutamente! Se non vi dispiace», risposi con entusiasmo.

«Allora venite a cena da me questo giovedì. Sapete dove abito?»

Come potete ben immaginare, non ebbi grandi indugi ad accettare l'invito.

«Ah, e a proposito», aggiunse, ignorando i miei

ringraziamenti, «se tra adesso e giovedì dovesse esserci una notte senza pioggia, andate a dare un'occhiata alla panchina verso le sette, otto del mattino. Se notate qualcos'altro di strano me lo direte, e in cambio io vi racconterò la storia. Buona notte!»

Tre notti dopo il tempo era asciuttissimo, così verso le sette e mezzo del mattino feci una passeggiata fino al Lungotamigi per dare un'altra occhiata alla panchina, come mi aveva consigliato. Non volevo correre il rischio di perdermi la sua storia, se potevo evitarlo.

Alle prime luci del giorno, la panchina si presentava con un aspetto del tutto normale; l'unica cosa che notai fu una piccola pozza d'acqua su di un lato, come se qualcuno ci avesse strizzato sopra un asciugamano bagnato. Non poteva essere stata la pioggia; come detto, quella notte aveva fatto bel tempo e, oltretutto, l'altra estremità della panca era perfettamente asciutta. La esaminai con minuzia senza tuttavia trovarvi nulla di fuori dall'ordinario, e alla fine me ne andai profondamente deluso.

Arrivò il giovedì sera, e con esso la mia cena con quel grand'uomo. Fu estremamente affabile. Mentre cenavamo, mi domandò se una di quelle mattine fossi passato a vedere la panchina e se vi avessi scoperto qualcosa.

«Sono andato a vederla sabato mattina», risposi, «ma non vi ho scoperto niente di fuori dall'ordinario.»

«Neppure un piccolo dettaglio?», chiese.

«Una cosa l'ho notata», dissi dubbioso, «ma non mi sembra nemmeno degna di menzione.»

«Cos'era?»

«Un'estremità della panchina era piuttosto bagnata, benché durante la notte non avesse piovuto affatto.»

Il mio ospite non fece commenti, ma mi parve diventare pensieroso. Dopo cena mi raccontò la storia e io gli domandai perché non l'aveva scritta.

«Mi toccava un po' troppo da vicino per vederla con la giusta prospettiva», rispose. «Ma se volete usarla voi, fatelo senza remore. L'importante è che non facciate il mio nome, nient'altro. Benché non potrebbe servirvi a molto: non ci crederebbe nessuno e, se ci credessero, non gli piacerebbe. Non è né simpatica né spassosa. Seguite il mio consiglio, lasciate perdere!»

Non ho seguito il suo consiglio, ed eccola qui. Ho cercato di attenermi il più fedelmente possibile al suo racconto. Ma su una cosa ha ragione: non è per niente simpatica!

II

È una buffa coincidenza che mi chiediate la storia del posto vuoto della panchina perché, con una sola eccezione, suppongo di essere l'unico essere vivente a conoscerla, esordì il mio ospite. E non l'ho raccontata a nessun altro. Tanto per cominciare, devo confessare di essermi macchiato di due crimini nei confronti della società, povertà e vigliaccheria. Iniziai con l'essere poverissimo e finii con l'essere spaventatissimo. Suppongo che tra le due la prima sia la colpa più rilevante, ma forse anch'essa potrà essermi perdonata a distanza di oltre vent'anni.

(Rimase a fumare pigramente il suo sigaro per qualche momento, poi riprese il racconto).

Già, sono passati più di vent'anni; ma non ho dimenticato quella panchina, e non credo che la dimenticherò mai.

Siete mai stato molto povero? Non intendo solo dire un po' a corto di soldi, intendo rimasto in braghe di tela, assolutamente al verde. All'epoca io lo ero, e non è affatto piacevole, ve lo assicuro.

Benché non fossi nell'indigenza più estrema, come la maggioranza di quei poveracci di barboni là sotto. Avevo un lavoro che mi attendeva nell'arco di due settimane, un abito ancora decente addosso, scarpe integre e asciutte ed esattamente due sterline e quattro penny in tasca. Avevo anche un baule di vestiti al deposito bagagli di Charing Cross; purtroppo a Londra non conoscevo neanche un cane disposto a concedermi vitto e alloggio sulla fiducia, per cui ero costretto a lasciarlo lì, dove rosicchiava un penny al giorno dei miei modesti risparmi, altrimenti avrei dovuto portarmelo dietro ovunque andassi.

Stabilii ben presto che le due sterline e quattro penny li avrei riservati al cibo. Ritenevo che, seppure a stento, mi sarebbero bastati per sostentarmi, ma che non mi restasse alcun margine per una sistemazione notturna. Avevo letto di persone che «erano finite al Lungotamigi» e decisi di provarci anch'io. In un modo o nell'altro, la cosa aveva un che di romantico. Sarebbe stato bello guardarsi indietro un giorno e dirsi di aver passato anche quello. Dopo tutto, sarebbe stato solo per due settimane. Si può essere sciocchi in vario modo, a ventidue anni!

Non voglio annoiarvi con il racconto di come sono sopravvissuto a quel primo giorno. È stato alquanto tremendo, in ogni caso! Tuttavia, Londra era una novità per me, c'erano negozi da vedere e gente da guardare; il tempo era buono, ed era già qualcosa.

Ricordo che a mezzanotte ero stanco morto. Mezz'ora dopo la folla cominciò a diradarsi e io mi avviai lentamente verso il Lungotamigi, la meta in cui avevo riposto tutte le mie speranze.

L'idea era di trovare una panchina, stendermici sopra nel modo più confortevole possibile e addormentarmi. Potete immaginare la mia sorpresa e il disappunto nello scoprire che ogni singola panca davanti a cui passavo era piena di fagotti di stracci che, a un esame più attento, si rivelavano esseri umani. E non solo le panchine: ogni possibile angolino che poteva offrire un minimo di riparo aveva un occupante. Ero arrivato una buona mezz'ora troppo tardi.

Girovagavo lungo l'argine senza meta, avvilito; a peggiorare le cose, cominciò a scendere una pioggerellina sottile e io iniziai confusamente a chiedermi dove diavolo sarei andato a dormire quella notte. Che il Lungotamigi fosse tutto occupato mi sembrava davvero il colmo.

All'incirca a mezza via tra la Avenue e Westminster Bridge, nel mio petto si accese d'un tratto un raggio di speranza. Con mia grande sorpresa intravidi un posto libero sopra una delle panchine. Per di più un posto su un lato, mentre il resto era stipato di straccioni – almeno cinque o sei – ammassati l'uno sull'altro in posizioni grottesche.

Mi guardarono incuriositi mentre mi avvicinavo, e stavo per sedermi quando dalla parte opposta della panca qualcosa disse con voce roca: «I posti in platea sono tutti prenotati, amico; prova più su in galleria».

Si udì l'«ih ih» di una risata femminile e una seconda voce squittì: «Oh, Garn! Ma non vedi che sta cercando il palco reale?» Una terza voce bofonchiò irata: «Comunque qui non ti puoi mettere, dannato riccastro! Vedi di smammare!»

Poi parlò l'uomo seduto accanto al posto vuoto. Era un individuo con la faccia da furetto, pallido, gli occhi acquosi e cerchiati di rosso. Una bombetta, di diverse taglie troppo grande per la sua testa, gli scendeva sopra le orecchie e il suo unico capo di abbigliamento sembrava essere un enorme, sudicio pastrano giallo, stretto in vita da un pezzo di corda.

«State zitti!», sbraitò. Poi, alzando lo sguardo sfuggente su di me, disse con voce lamentosa: «Siediti, compagno! Non fare caso a loro. Sono dei bastardi, dei dannatissimi bastardi, e come tali si comportano!»

La panchina fu percorsa da un mormorio indistinto. Mi sembrò di cogliere le parole: «Ma il Guercio, allora, che farà?»

«Ce l'hai un po' di tabacco?», piagnucolò l'uomo-furetto mentre io affondavo sul sedile con un sospiro di sollievo. Gli dissi che non ne avevo.

«Qualche spicciolo?», piagnucolò di nuovo.

«No! Sono senza un soldo!», gli spiegai.

Sputò per terra facendo attenzione a centrare il canale di scolo e mi lanciò un'occhiata velenosa.

«Credevo che eri un fottuto riccastro», ringhiò voltandomi le spalle, e piantandomi un gomito particolarmente acuminato tra le costole.

«Non può stare lì, lo sai, riccastro o non riccastro», borbottò la voce sul fondo della panchina.

«Dannazione a te! Che, non lo so, forse?», sbraitò

il mio vicino. «Chiudi il becco! Non vuoi divertirti un po'?»

«Ih ih», sghignazzò la donna del gruppetto, coi vestiti tutti inzaccherati. «Ci sarà da ridere quando spunta il Guercio.» Fece un'altra risatina gracchiante che si fuse con una terribile tosse secca e si spense in un gorgoglio sputacchiante.

Mi chiesi confuso chi fosse il Guercio e perché ci sarebbe stato «da ridere» quando arrivava. Ero troppo esausto per ragionare con logica, immagino, altrimenti avrei capito. Un vecchio proverbio mi passò rapidamente per la testa: «Sono i poveri ad aiutare i poveri»; certo che sembrava proprio gente ospitale quella tra cui ero finito... Cercai di stringermi verso l'angolino esterno, fuori dalla portata di quel gomito infernale. Diffidavo anche di quel lurido pastrano giallo: dava l'idea di essere pulcioso e puzzava in un modo abominevole.

Per un po' ci fu silenzio, a parte qualche imprecazione borbottata di tanto in tanto e un altro accesso di tosse della vecchia. Poi sentii un fruscio di passi che mi fece correre un brivido lungo la schiena e tutte le teste si sollevarono. Alzai anch'io lo sguardo e vidi un uomo torreggiare sopra di me.

Vorrei tanto essere in grado di descrivervelo correttamente. Poteva avere un'età compresa tra i quaranta e i settant'anni; era alto, almeno un metro e ottanta, direi, ma parecchio curvo, per cui poteva essere anche di più; aveva un viso molto largo e flaccido, bianco grigiastro, seminascosto da un groviglio di barba e capelli brizzolati; le braccia erano abnormemente lunghe e terminavano con le mani più smisurate che avessi mai visto. Più che vestito, sembrava avvolto negli scarti di un vecchio negozio di abbigliamento di infima categoria: ricordo di aver contato i rimasugli di almeno tre diversi paltò. Mi scrutò in viso da vicino e notai che era affetto da uno strabismo dei più ripugnanti all'occhio sinistro. Manco a dirlo, intuii subito che si trattava del temibile «Guercio», di cui avevo già sentito parlare. Mi fissò per un momento, in silenzio.

«Qualcuno vi ha informato che state occupando il mio posto?», disse infine, con un sussurro rauco e ansimante. Aveva una voce orribile, stridente e cigolante come un cardine arrugginito, ma nonostante la sua asprezza, il tono era da persona istruita; il che non faceva che rendere peggiori le cose, a mio parere.

«Ammetto di non aver ricevuto un'accoglienza particolarmente calorosa», risposi. «Qualcuno mi ha anche suggerito di 'smammare', se ho capito bene. Ma sicuramente non mi è stato dato un motivo preciso per cui dovevo farlo.»

«Un neofita dell'Antico Ordine dei Cenciosi, suppongo», fece lui, scrutandomi di nuovo.

«Se intendete dire che questa è la mia prima notte qui all'addiaccio, sì!», risposi brevemente.

«Non vergognatevene, ragazzo», gracchiò. «Non vergognatevene! Ogni cosa deve avere un proprio inizio. Persino per me c'è stato... un concetto meraviglioso a pensarci, per chiunque si interessi di filosofia.»

Parve riflettere per un istante. Aveva ragione, naturalmente, era un concetto meraviglioso. Però sembrava impossibile immaginare che anche quell'essere abominevole, sporco e trasandato, fosse stato un tempo un bambino bianco e roseo che gorgogliava facendo il bagnetto.

«Non stare a discutere con quel bastardo, capo», esclamò all'improvviso il mio amico-furetto. «Caccialo a calci! Divertiti un po' con lui!»

«Piano, Rosso. Piano», fece la vecchia canaglia ansimando. «Perché tanta irruenza? Giustizia sarà fatta, non temere. Ma stanotte comportiamoci come gli dèi, mitighiamo il rigore della pena.»

«Non capisco tutto questo parlare», borbottò il Rosso. «Caccialo via e basta! Fagli passare l'inferno!... Come sai fare tu!»

«Non mettiamoci a litigare per questo», intervenni io. «Se vi ho preso il posto, ve lo restituisco.» E mi alzai per andarmene.

Immediatamente, una mano enorme mi afferrò la spalla costringendomi a sedermi di nuovo.

«Non così in fretta, giovanotto!», sussurrò il Guercio. Poi, rivolgendosi al Rosso: «Hai detto a questo gentiluomo che quello è il posto che uso io regolarmente?»

«Sicuro», piagnucolò il Rosso. «Ma lui l'ha preso lo stesso».

«Perfido bugiardo! Sei stato tu a dirmi di sedermi!», lo apostrofai rabbioso. «Per gli spiccioli e il tabacco che pensavi di potermi spillare», aggiunsi, rendendomi conto d'un tratto del vero motivo della sua ospitalità.

«Non dovresti mentire, Rosso!» Il Guercio scosse tristemente il capo.

«Dio mi è testimone!», cominciò a dire l'altro.

«Mentire una volta è uno sbaglio», lo interruppe il Guercio. «Ma farlo due volte rasenta il crimine, Rosso!»

«Ho pensato che poteva anche fermarsi. Che volevi divertirti un po', capo», farfugliò il Rosso, cambiando posizione.

«Mi piace divertirmi, Rosso», rantolò il Guercio con tono monocorde, «ma come farlo lo decido da solo.» Si chinò tutto d'un tratto e afferrò lo sventurato Rosso per le braccia, appena sopra il gomito. Sollevandolo completamente dal suo posto, lo fece alzare in piedi davanti a sé e abbassò il capo verso di lui fin quasi a toccarlo in volto. «Così mi diverto, Rosso? Mi diverto?», sussurrò piano.

«Oddio! Le mie braccia... Oddio!», gemette Rosso, contorcendosi di dolore. «Oddio, me le stai rompendo! Lasciami andare capo! Ahia, lasciami, per favore!»

L'omone si rivolse a me. «Il posto del Rosso è a vostra disposizione, giovanotto. Portate pazienza per le fisse di un vecchio, se vi dico che preferisco l'angolo.»

Mi spostai dove prima era seduto il Rosso. Gli altri occupanti della panca mi guardarono indifferenti; solo la vecchia tutta sporca se ne uscì con la sua solita risatina scoppiettante ed esclamò stridula: «È un bel tipo, eh, il Guercio», prima che un altro accesso di tosse la squassasse.

L'uomo sembrava davvero possente. Senza mollare il Rosso, si sedette nel suo angolo. Costrinse la povera vittima a mettersi in ginocchio per terra avvolgendogli le gambe attorno e lentamente cambiò la presa sulle braccia fino a che entrambi i polsi del Rosso si ritrovarono stretti saldamente in una mano nerboruta.

«Se solo osi strillare, Rosso, un giorno di questi ti darò una morte lenta», rantolò piano. «Perciò evita di farlo!» E iniziò a tirargli dei ceffoni in faccia.

Sembra buffo, lo so, ma fu una delle cose più orribili cui avessi mai assistito. Lo fece in un silenzio di tomba, con il ritmo monotono di una macchina, a palmo aperto, senza mai interrompersi. Il Rosso gemeva, si dimenava, imprecava, anche lui senza grande strepito, fino a che il suo si trasformò in un pietoso piagnucolio, come il guaito di un animale. Alla fine il Guercio ne ebbe abbastanza e lo spinse sul selciato ai suoi piedi. L'uomo rimase lì per due o tre minuti, troppo stordito per muoversi, ma poi alla fine riuscì a rimettersi in piedi e barcollò fino al muro dell'argine, dove appoggiando il capo a un braccio pianse come uno scolaretto. A un certo punto si staccò e, ancora piagnucolante, si avviò a passo incerto verso la Avenue, prima di scomparire nella notte.

So già cosa direte: «Perché non hai fermato il Guercio?» Avrei dovuto, immagino. Ma non ho la stoffa del martire... O almeno, a ventidue anni non ce l'avevo. Oltretutto erano le due di notte – di una notte piovosa e orribile – e io ero infreddolito, bagnato e in pessime condizioni, sia fisiche che mentali. Oh, so che non è una scusante! In effetti avevo azzardato un fioco «Adesso basta, però!» dopo un minuto o giù di lui, ma lui non mi aveva minimamente considerato. E poi, in fondo, era quello che il Rosso aveva sperato che succedesse a me e che quell'uomo fuori dall'ordinario avrebbe benissimo potuto fare... Tra quelle mani infernali, sarei stato come un ragazzino indifeso.

Dopo che il Rosso si fu tolto di torno, il Guercio si volse verso di me.

«Una piccola ed elementare lezione di giustizia», sussurrò.

«Non mi è parso di notare particolare clemenza nell'esercitarla», commentai io.

«Avreste potuto esserci voi al suo posto, sapete?», ribatté lui.

«Va bene, ma non mi pare proprio che si meritasse tutto questo», mi arrischiai a dire.

«Non so se se lo meritava», replicò assorto. «Può darsi che abbia esagerato. Ma mi ha dato soddisfazione, è questo l'importante. Un po' brutale, certamente – del resto prevaricare con prepotenza è brutale in sé –, ma la strada è una scuola dura. O prevarichi gli altri o gli altri prevaricano te, questa è la regola. Sì, faccio il prepotente, e mi piace pure! Ma farlo con giudizio mi aiuta a conservare un minimo di amor proprio. Se supererete il noviziato qui tra di noi, scoprirete che quanto vi ho appena detto è vero. Anche se mi verrebbe da dire che siete 'tra di noi ma non uno di noi', se mi è consentito esprimermi.»

«Di certo non intendo rimanere qui tutta la vita; ho un lavoro che mi aspetta tra quindici giorni, è soltanto adesso che mi trovo in difficoltà.»

«Dobbiamo fare in modo di rendere piacevole il vostro soggiorno qui tra noi», mormorò educatamente. Poi, sporgendosi in avanti, si rivolse al resto degli occupanti della panchina. «Questo gentiluomo prenderà il posto del Rosso durante la sua breve permanenza. Mi auguro di trovare sempre libero il mio posto», aggiunse, volgendosi di nuovo verso di me.

«Posso considerare di aver ricevuto la cittadinanza onoraria del Lungotamigi, quindi», dissi, con un mezzo sorriso.

«A queste condizioni, sì», rispose con grande serietà.

«Farò del mio meglio per non farmi mettere i piedi in testa», gli assicurai.

«Mi infastidirebbe essere costretto a fare il prepotente con voi», replicò lui con sincerità. «Questa marmaglia non si distingue per la conversazione brillante, con loro è tutto fiato sprecato. Voi, al contrario, sembrate dotato di una certa intelligenza. Siete immaturo, naturalmente, ma intelligente.»

Chinai leggermente il capo in segno di ringraziamento. L'uomo sembrò riflettere per qualche istante.

«E pensare», mormorò dopo un lungo momento di silenzio, «pensare che anche voi andrete a ingrossare le fila del mondo dei lavoratori! Ogni giorno farete la vostra piccola parte; ogni settimana, con il cuore gonfio di gratitudine, andrete a ritirare il vostro misero stipendio. Settimana dopo settimana, anno dopo anno. Vi sposerete, farete dei figli – momento di grande orgoglio –, e infine cesserete di operare in questo mondo e vi faranno una lapide in finto marmo con sopra inciso 'In sacra memoria di eccetera eccetera' e i ragazzini del vostro villaggio ci salteranno la cavallina quando il sagrestano non guarda. Ah, com'è vana la vita!»

«Sempre meglio del Lungotamigi, in ogni caso», dissi io.

«Questo, naturalmente, dipende dal temperamento di ciascun individuo», ribatté lui. «Al di fuori di ciò, non vi è nulla che possa arbitrariamente essere definito meglio o peggio.»

«Fra coloro che lavorano, c'è chi costruisce qualcosa che gli sopravvive», provai a dire.

«Mi chiedo se riposino meglio, sapendo che le loro lapidi sono in vero marmo, con una ringhiera attorno per impedire il divertimento innocente dei ragazzini», commentò pensieroso. Incrociò le gambe e, stendendo le braccia lungo lo schienale della panca, abbassò lo sguardo su di me con benevolenza. «Se mai mi venisse richiesto un consiglio – che

Dio ce ne scampi! –, ma se proprio dovessi dare un consiglio a un giovane, come voi, sul modo migliore per iniziare il suo percorso di vita, immagino che gli direi: 'Non prendete abitudini!' Sì, penso proprio che gli direi questo.» Lo ripeté lentamente: «Non prendete abitudini!»

«Ma nemmeno quelle buone?», replicai io contrariato.

«Non esistono quelle buone! Le abitudini sono tutte cattive. Dannatamente cattive! Credetemi, non c'è niente di più infernale sulla terra che avere un'abitudine di cui non si è in grado di liberarsi.» Mi fissò intensamente con uno degli occhi, mentre l'altro sembrava guardare il fiume. «Niente di più infernale!», ribadì cupo, e per un attimo rimase in silenzio.

«Non ci credereste che sono un uomo relativamente ricco, non è vero?», ricominciò poco dopo, sorprendendomi.

«Be', devo dire...», iniziai io.

«Certo che non ci credereste», mi interruppe. «Non siete uno stupido! Ma io lo sono lo stesso. Ho una rendita di trenta scellini a settimana che mi arriva tramite una piccola taverna di mia conoscenza. La padrona li riceve e me ne consegna ventisei. Il resto me lo faccio dare in cibo.»

«Ma allora perché diavolo dormite qui all'addiaccio?», chiesi. «Di sicuro potreste permettervi una stanza dignitosa.»

«Proprio per quello che vi ho detto prima», rispose ansimante. «Le abitudini! Il brandy, nel caso mio. Ho cercato di passare alla birra – di birra potrei anche berne di più –, ma non ci riesco; mi dico sempre di fare attenzione, di spenderne solo tre e novanta al giorno per il brandy, per farmi bastare i soldi per tutta la settimana, ma non c'è verso, me li faccio sempre fuori nelle prime dodici ore.»

«Ventisei scellini di brandy in dodici ore!», esclamai incredulo.

«Per abitudine», gracchiò, «per abitudine! E il peggio è che non mi dà più neanche gusto. Non mi fa nemmeno più ubriacare! E questo posto...» Diede qualche colpetto alla panchina. «È un'altra abitudine. Sono quasi quarant'anni che vengo a sedermi qui. Quarant'anni!»

«Buon Dio!», mi sfuggì dalle labbra. «Che pena terribile!»

«Non c'è niente di più infernale di un'abitudine che non sei in grado di rompere», disse con voce roca. Borbottò tra sé e sé per un momento. Credevo che si mettesse a dormire, ma d'un tratto sbottò aspro: «Chi ha detto che non sono in grado di romperla?» Poi in tono più basso mormorò, rivolto verso di me: «Potrei, se... Perché un modo per liberarsi da qualsiasi abitudine esiste, non è vero?» Mi puntò contro il suo occhio normale.

«È questione di forza di volontà», azzardai io.

«Eh già, è proprio così», mugugnò. «Di volontà... e di modo! C'è modo di riuscirci, se si ha la volontà!» Si alzò e andò barcollando fino al muro dell'argine. Vi appoggiò sopra le braccia scrutando il fiume per alcuni istanti – Dio solo sa cosa stesse guardando –, poi voltò il capo nella mia direzione. «Mai prendere un'abitudine», mi disse ansimando, e, prima di avere il tempo di chiedermi cosa volesse fare, si buttò di sotto.

Be', non c'è molto altro da dire. Potete immaginare la scena che seguì. La solita folla che sbucò dal nulla radunandosi lì, il solito poliziotto abbastanza inutile, immagino che i suoi colleghi abbiano fatto anche un giro di perlustrazione con la barca. Io tagliai la corda appena ne ebbi la possibilità, non prima però di aver sentito la vecchia con gli abiti inzaccherati proferire il suo epitaffio.

«Ih ih!», sghignazzò. «Ih ih. È sempre stato un po' matto, il Guercio!»

Non è il caso di annoiarvi con il racconto di quella notte sfiancante, e del giorno altrettanto sfiancante che la seguì. In una maniera o nell'altra li superai. Cosa fu a riportare i miei passi verso quella maledetta panca poco dopo la mezzanotte non saprei proprio dirvelo. Suppongo che non avessi altro posto dove andare, tanto per cominciare, o forse esercitava su di me un fascino strano e morboso; fatto sta che ci tornai.

Il posto a sedere del Rosso mi stava aspettando; alcuni degli altri erano già arrivati, tra cui la vecchia inzaccherata, che mi salutò con quel suo sghignazzo arrochito. Mi sedetti. Poi, rendendomi conto che il povero Guercio non avrebbe più potuto rivendicare il suo angolo, mi spostai mettendomi più comodo.

Non credo di essermi mai veramente addormentato, ma potrei aver sonnecchiato per qualche minuto, di tanto in tanto. Ero in preda a una totale apatia, esausto e sfiduciato.

Avevo sentito il Big Ben battere due colpi qualche minuto prima, quando mi parve di vedere qualcosa che si muoveva sul muro dell'argine e rimasi a fissarlo, incuriosito. Sì, c'era davvero qualcosa! Un uomo si stava arrampicando su dalla riva del fiume. Piombò a terra sul selciato come un fagotto sgraziato e vidi, mentre annaspava per rialzarsi, che era molto alto. Era un uomo, certo, doveva esserlo per forza. Però, se lo era, cosa c'era che non andava nella sua faccia? Strinsi il braccio del mio vicino più prossimo, che alzò lo sguardo. Non dimenticherò mai il colore terreo del suo viso.

«Cristo santo», fece con la voce strozzata. «Cristo santo!... È il Guercio!» E se la diede a gambe.

Uno dopo l'altro si alzarono e se ne andarono tutti quanti arrancando, nel silenzio più assoluto. Persino la vecchia si dimenticò di ridacchiare. E io? Vi è mai capitato di essere atterrito? Atterrito fin nel profondo dell'anima? È un'esperienza che è meglio non fare, evitatela, se potete. Ero seduto immobile, non sarei stato in grado di muovermi, neanche in cambio di mille sterline! Non riuscivo nemmeno a chiamare aiuto! E quella cosa si avvicinò a me e mi guardò dritto in faccia. Non tenterò nemmeno di descrivere il suo aspetto, non voglio rovinarvi il sonno... ma gli occhi che mi ritrovai davanti, dietro i quali covava una specie di fuoco ardente, erano orrendamente strabici.

Poi un sussurro, ansimante e gorgogliante, mi giunse alle orecchie. «Maledetto! Vi siete di nuovo preso il mio posto!» Non avevo abbastanza forze per alzarmi, ma in qualche maniera riuscii a trascinarmi sulla panchina, allontanandomi da lui mentre si sedeva. La mia mano lo sfiorò per un attimo ed era viscido, fradicio e gelato.

«Quarant'anni», rantolò. «Un'abitudine che dura da quarant'anni! Non puoi liberartene così, con uno schiocco di dita! Dovevo tornare, capite! Dovevo tornare!»

Non so come riuscii a rimettermi in piedi e, correndo, a finire – farfugliando frasi incoerenti – dritto tra le braccia di un robusto poliziotto.

«Ehi! A che giochetto stiamo giocando?», disse questi in tono burbero.

Riuscii solo a balbettare «Il posto sulla panca! Mio Dio! Quella cosa seduta là! È il Guercio! Oddio! Oddio!», indicando la panchina vuota a pochi metri di distanza.

Il poliziotto mi sostenne. Quasi non mi reggevo sulle gambe, tanto tremavo.

«Dovete aver avuto un incubo, ragazzo», mi disse, cortesemente. «Non c'è niente sulla panca!»

Lanciai un'occhiata, tremante. La panchina era vuota. «Ma io l'ho visto», biascicai. «L'ho visto!»

«Suvvia», disse lui, «guardate voi stesso.» Mi accompagnò dietro la panchina, ormai vuota. «Qui non c'è niente», ripeté, e passò la mano sullo schienale per dimostrarmelo. Si fermò all'improvviso e mi guardò in un modo strano. «Da che parte era seduto?», chiese.

«Da quella, dove siete voi adesso», risposi. Rivolse i suoi occhi bovini verso l'estremità della panchina: non c'era nulla, solo una piccola pozza d'acqua.

«Niente di niente», disse, quasi tra sé e sé. Ci passò di nuovo sopra la mano e si bloccò, ritraendola rapido. Si voltò verso di me con una strana espressione di disgusto in volto. «Credo che abbiate ragione, ragazzo», ammise lentamente. «Lì c'è qualcosa, che personalmente non ho alcuna intenzione di toccare. Lo posso sentire, è freddo e bagnato! Puah! Venite con me alla stazione di polizia, una tazza di caffè caldo farà bene a tutti e due.»

Mentre andavamo alla stazione gli raccontai tutta la storia. Quando arrivammo, il poliziotto scambiò qualche parola con il sergente e alla fine mi sistemarono davanti a un grande camino, con una tazza di caffè fumante e una bella fetta di pane imburrato.

Nessuno mi infastidì per il resto della notte, ma non dormii comunque molto, come potete immaginare. Alle sei il poliziotto tornò e mi disse che dovevo andare con lui. Ero troppo fiacco per domandarmene la ragione. Stavamo per uscire, quando fummo fermati dal sergente e da un altro collega.

«Hanno appena portato qui un cadavere recuperato nel fiume», disse il primo. «Mi chiedevo se questo giovanotto potrebbe identificarlo.»

«Le probabilità sono molto scarse, oserei dire, signore», disse il secondo poliziotto. «Dev'essere stato in acqua per un bel po'. Oltretutto, è stato colpito dalle eliche di qualche vaporetto, povero disgraziato. Gli hanno portato via un braccio e metà della faccia.»

«Ma gli occhi sono intatti», sussurrai io, «e sono orrendamente strabici.»

«Per Dio, ha ragione», disse il poliziotto. «Come diavolo facevate a saperlo?»

«Ecco perché è profondamente sbagliato definirlo 'posto vuoto'», concluse il mio ospite, alzandosi. «Non è vuoto. Il Guercio non ha mai saputo liberarsi di quella vecchia abitudine.»

HUGH E. WRIGHT

Hugh Esterel Wright (1879-1940) è stato un attore, cantautore e intrattenitore di teatro di varietà. Proveniva da una famiglia benestante i cui antenati erano stati banchieri e proprietari della Butterley Iron Works nel Derbyshire. Seguendo le orme del fratello maggiore, Philip, nel 1893 si arruolò come guardiamarina nella Royal Navy britannica, da cui venne congedato per invalidità nel 1902. Hugh iniziò a calcare le scene, lavorando con gruppi di artisti del varietà prima di essere promosso a ruoli teatrali, dove si affermò con una parte nella commedia di Seymour Hicks del 1910 Captain Kidd. *Da quel momento in poi non rimase mai senza lavoro, di solito interpretando ruoli comici. Quando non recitava, si esibiva eseguendo al piano canzoni surreali scritte da lui stesso ed era un habitué di riviste, pantomime e spettacoli di varietà estivi in località turistiche marine. Iniziò a lavorare abitualmente anche nel cinema e, negli anni Trenta, alla radio, per la quale scrisse pure alcune storie per bambini.*

Data la fama di attore comico, il suo pubblico rimase sbalordito quando, a partire dal 1919, cominciò a scrivere racconti horror, culminati nella commedia granguignolesca in un atto Ha-Ha!, *rappresentata nel 1923. Il dramma, incentrato su una seduta spiritica finita molto male, non incontrò i favori della critica e indusse Wright a non ripetere l'esperimento. Forse è proprio per questo che i suoi pochi racconti del mistero sono stati dimenticati. Quasi tutti apparvero sulla rivista «The Blue Magazine», un mensile di narrativa a bassa tiratura specializzato in polizieschi e storie fuori dall'ordinario. Quello che avete appena letto è uno dei primi racconti di Wright, del 1919.*

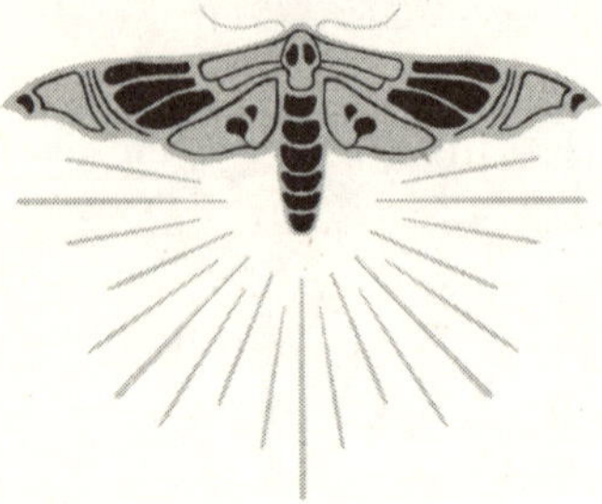

LA PAROLA MANCANTE

di Austin Philips

Il primo ministro giaceva in punto di morte nella grande casa alle porte della città. Noi, decine di telegrafisti, ce ne stavamo seduti nella sala del telegrafo di Murcester, in attesa delle notizie che ci avrebbero consentito di annunciare al mondo che un'anima burrascosa ci aveva lasciati per andarsene dove non ci sono corti né re, e nemmeno governi. E mentre tra la mezzanotte e un alba lenta a giungere aspettavamo oziosi e con gli occhi stanchi, pesanti gocce di pioggia martellavano il tetto di vetro della galleria, i fulmini zigzagavano con frequenza e le nuvole in guerra aperta tra di loro si scontravano fragorosamente.

Una scintilla blu si sprigionò dall'antenna di un ricevitore acustico a corrente alternata; gli aghi degli strumenti sul circuito dell'ufficio secondario all'improvviso oscillarono all'unisono, rimanendo in fila come tante bussole che puntavano tutte quante verso lo stesso angolo, non più a nord ma tra nord e nordovest. Poi la corrente elettrica fece scoccare una scintilla sui ricevitori stessi e le luci si spensero rapidamente, lasciandoci sgomenti e immersi nel buio.

Il vecchio Shayler dalla barba e baffi grigi, il decano di tutti noi, balzò via dagli strumenti spostando la sua sedia nello spazio aperto nel mezzo della sala.

«Via di lì, ragazzi!», sbraitò, «allontanatevi subito dai ricevitori acustici! Non voglio correre rischi!»

Seguì un gran trambusto di sedie che stridevano sul parquet. L'anziano aveva fatto quello che noi eravamo troppo imbelli per fare. In pochi secondi ci ritrovammo tutti seduti in cerchio attorno a lui, stringendoci timorosi l'uno all'altro. Il temporale infuriava dalle otto di sera e per quattro ore ci eravamo terrorizzati vicendevolmente con storie dell'orrore e di delitti.

«Che nottataccia!», esclamò ansimante Wollen, del reparto consegne. «Non ho mai visto prima una notte così. Mai, in vent'anni di servizio!»

Poi, l'ennesimo fulmine sembrò scagliarsi sulla sala, riflettendosi nel tetto in vetro sovrastante, dando l'impressione di eseguire una qualche danza macabra sul pavimento. Gli aghi degli strumenti sul circuito dell'ufficio secondario sembrarono quasi piroettare, prima di tornare oscillando alla loro posizione stabile. Molto dopo che il lampo si era spento, le antenne lampeggiarono; i pesanti ricevitori iniziarono a muoversi, come se fossero sospinti da una forza strana a farfugliare in un codice sconosciuto all'uomo, prodotto dalla misteriosa energia che aveva messo gli elementi atmosferici in conflitto tra di loro.

Avvicinai la mia sedia di qualche centimetro all'uomo seduto alla mia destra; alla mia sinistra sentii Beechcroft rabbrividire e fare lo stesso. Nel migliore dei casi il ragazzo poteva essere definito una povera creatura spaurita, quella sera era quasi fuori di sé dal terrore.

«Io so di un'altra notte come questa», disse il vecchio Shayler in quel momento. «La notte in cui Jacky Soames è stato ucciso a Bromyard e l'ufficio saccheggiato. Ma non è stato un fulmine a ucciderlo. I fulmini raramente colpiscono persone che si trovano in un luogo chiuso, dicono. È stato un uomo a uccidere Jacky Soames!»

Si sentirono di nuovo sedie che si spostavano, almeno una buona decina di esse, finché ci ritrovammo tutti appiccicati l'uno all'altro, spaventati e infreddoliti, nonostante il caldo di quella notte di mezza estate.

«Raccontaci, Shayler!», urlai. «Dicci cosa è successo! Sono riusciti a catturare l'assassino?»

Altre tre o quattro voci fecero eco alla mia, perché in una notte come quella era comunque meglio ascoltare misfatti commessi dall'uomo che non dal volere degli dèi. Ci furono, è vero, un paio di persone che gridarono: «No!», ma erano in minoranza e così, seduto lì in mezzo a noi, il vecchio Shayler cominciò a raccontare. E mentre il tuono, fragoroso e insistente, borbottava sopra le nostre teste sempre più forte e più vicino, sentii Beechcroft che tremava al mio fianco e le sue dita che si posavano inconsapevolmente sul mio polso e lì restavano. Non feci nulla per impedire che quel povero diavolo continuasse a stringere, perché avvertivo i suoi denti battere e il suo respiro ansimante nel buio.

Il vecchio Shayler si schiarì la voce e poi partì con il racconto.

«È successo proprio nella stessa notte di oggi, quindici anni fa. Jack era stato assegnato all'ufficio di Bromyard in qualità di responsabile. All'epoca era un ufficetto piuttosto modesto che veniva gestito da una sola persona, ma Jack non stava più nella pelle dalla gioia. Si era appena fatto la ragazza e aveva sentore di una promozione imminente, così cominciò a girare per tutto l'ufficio cantando e fischiettando fino a che i muri non poterono più contenere il suo entusiasmo. Ricordo di averlo visto partire dalla stazione di Murcester, dopo aver bevuto un bicchiere con lui all'Old Dun Cow. All'epoca quelli delle poste erano di casa lì, come lo sono adesso, del resto!»

«È stata l'ultima volta che lo hai visto?», lo interruppe il giovane Teddy Saunders; era poco più di un ragazzo e non riusciva a trattenersi e a lasciare che l'anziano raccontasse la storia con i suoi tempi. «Voglio dire, è morto? È stato ucciso quella sera stessa?»

Il vecchio Shayler si accigliò e rimase in silenzio, dando l'impressione di non voler proseguire.

«Dai, continua!», disse qualcuno bruscamente. «Continua, per favore. E se tu provi un'altra volta a interromperlo, Teddy, ti attacco ai fili così ti prendi una bella scossa!»

Il vecchio, in qualche modo rabbonito, si schiarì di nuovo la voce. «È stata l'ultima volta che l'ho visto», riprese lentamente. «Ma non è stata l'ultima che l'ho *sentito*. Facevo il turno di notte, e verso le undici e mezzo ci facemmo una chiacchierata via cavo. Mi raccontò di come si sentiva solo, in quell'edificio dove non c'era anima viva a parte lui, e che la responsabilità gli pesava al punto da non riuscire nemmeno a dormire. Io feci qualche battuta per tirarlo su di morale e gli dissi di andarsene a letto, ma lui rispose che prendere sonno era impossibile e sarebbe rimasto tutta la notte in ufficio. Poi, dato che dov'ero non c'era niente da fare, mi misi a dormire.»

Il vecchio Shayler fece una pausa.

«Qualcuno ha una sigaretta?», chiese. «Raccontare mi fa tornare ad allora e mi sarà più facile continuare a parlare se fumo!»

Qualcuno si sporse in avanti cercando la mano del collega anziano a tentoni e gli mise una sigaretta tra le dita brancolanti nel buio. Lui l'accese e a ogni tiro potevo vedere le facce ceree che mi circondavano, con la sensazione che la mia fosse la più cerea di tutte. Ma nessuno diceva una parola.

«Verso mezzanotte», proseguì il vecchio, «mi svegliai di soprassalto, sudando freddo. Stava succedendo qualcosa a Jacky. Non sapevo cosa, sapevo soltanto che era in pericolo; avevo l'impressione di aver fatto un sogno e, anche se non riuscivo a ricordarlo, mi ero svegliato scoprendo che era reale. Poi l'ago di Bromyard cominciò a ticchettare e, nonostante la trasmissione fosse irregolare e saltellante, capii che era Jacky Soames, avrei riconosciuto ovunque il suo tocco sui tasti.»

«Cosa diceva?», esclamò Teddy Saunders, quasi fuori di sé dall'eccitazione, «cosa diceva?»

E quella volta nessuno lo rimproverò per un'interruzione che sembrava avessimo voluto fare tutti quanti, anche se era stato solo Teddy a parlare. Nemmeno il vecchio Shayler si mostrò infastidito, perché sapeva che Teddy non poteva trattenersi.

«Diceva...», rispose con lentezza, «diceva: 'Sto per essere ucciso da...'»

Si interruppe di colpo e fece un tiro dalla sigaretta.

«E poi? E poi? Che altro ha detto?», urlammo concitati.

Il vecchio Shayler aspirava lunghe boccate, sicché il tabacco incandescente, prima di nascondersi nel grigio della cenere, irradiava un bagliore luminoso sui volti che lo circondavano.

«Non disse altro», rispose scandendo piano le parole, «ma io corsi alla stazione di polizia (all'epoca i telefoni non esistevano ancora) e quando il temporale cessò riuscii a far andare il sergente a Bromyard, perché a me non era possibile lasciare l'ufficio per tutto il tempo che volevo. E, quando ci arrivò, trovò il corpo del povero Jacky a terra accanto a una cesta per pacchi, con la testa sfondata da un attizzatoio, la cassaforte aperta e tutto il contante e le lettere raccomandate spariti.»

«Ma non c'erano indizi di chi fosse l'assassino?»

«Niente di niente. Si fecero svariate ipotesi, però. E anch'io avevo la mia!»

«E qual era?», chiese Beechcroft, tremando al mio fianco. Era la prima volta che parlava e le dita attorno al mio polso erano bagnate fradicie.

«Sì, qual era?», gli feci eco io.

«Qualcuno di voi ragazzi ha un'altra sigaretta?» La domanda fu posta con esasperante lentezza.

Gli ficcai un pacchetto in mano. Lui ne prese una e l'accese, poi continuò aspirando lunghe boccate.

«La polizia pensò a un abile scassinatore, perché la cassaforte era stata aperta con un passepartout. Ma io credo che fosse stato uno dei colleghi di Jacky!»

«Oh sant'Iddio!», esclamò qualcuno. «Non vorrai dire...»

«Voglio dire», continuò Shayler, «che era stato qualcuno che lo conosceva, e che lui era contento di vedere. All'inizio della baruffa era stato in grado di trattenere il bruto con una mano, mentre spediva il messaggio con l'altra. Ma poi il ladro l'aveva probabilmente colpito in testa e stordito; e non dev'essere stato difficile perché Jacky era un ometto, non più grosso del nostro piccolo Teddy.»

«Ma perché allora uccidere Jacky, se era svenuto?»

«È questo che mi fa pensare che fosse qualcuno che conosceva. Un uomo morto non può più parlare!»

Un lampo illuminò di nuovo i nostri volti, la pioggia si era trasformata in grandine e dal tetto di vetro arrivava ancora il rombo del tuono. Al mio fianco, Beechcroft sembrava quasi moribondo, tanto era terrorizzato. Cercai di staccargli le dita dal mio polso, ma era inutile. E, prima che potessi fargli le mie rimostranze, Teddy si inserì di nuovo nel discorso: «Quindi Jacky Soames è stato ucciso prima di poter segnalare il nome dell'assassino? Ma era praticamente cosa fatta!»

Per la prima volta quella notte, il vecchio Shayler rispose a una domanda immediatamente e in modo diretto. «Io penso che in realtà l'*abbia* segnalato!», disse.

«Ma come, se era stato sopraffatto? E, se c'era riuscito prima che succedesse, perché tu non lo hai sentito?»

«Perché i cavi si erano rotti!», affermò il vecchio trionfante. «Perché un fulmine aveva colpito un albero sulla strada principale e un ramo era caduto spezzando i cavi. Ecco perché non ho mai saputo il nome!»

«E mai lo saprai!», intervenne Beechcroft, con voce stridula.

«Non ne sono così sicuro!», esclamò Shayler. «La parola è stata inviata, ed è ancora in circolo, un giorno o l'altro ritroverà i cavi e rivelerà il nome dell'assassino!»

L'anziano tacque di colpo.

«Ne ho abbastanza di questa storia!», dichiarò Teddy Saunders. «Mi fa orrore. Posso immaginarmi tutto in modo molto chiaro!»

«Sto pensando che domani a quest'ora potremmo ancora essere qui», intervenne qualcuno con un tono cupo. «Il primo ministro ci sta mettendo un bel po' a tirare le cuoia!»

Mentre parlava, uno strumento nell'angolo in fondo alla galleria iniziò a vibrare. *M.R.*, *M.R.*, *M.R.,* ticchettava in alfabeto Morse. *M.R.* era la sigla di Murcester.

«È morto!», gridò Teddy Saunders. «È un messaggio dalle Towers. Come faremo senza la luce?»

«Ma no, non viene da lì!», sbraitai. «Il cavo delle Torri è dall'altra parte. Si direbbe Bromyard, ma è impossibile!»

Il vecchio Shayler balzò in piedi.

«È Jacky Soames!», gridò. «Potrei riconoscere il suo tocco tra mille!»

Nessuno di noi disse una parola. Nessuno osava muoversi. Se eravamo dubbiosi, era solo perché ci faceva paura crederci. E le unghie delle dita che mi stringevano il polso si conficcarono nella mia carne, ferendomi.

M.R., *M.R.*, *M.R.,* ticchettò il tasto, poi trasmise una parola.

«Sant'Iddio!», urlò Shayler, «Beechcroft!»

Le dita sul mio polso allentarono la presa, l'uomo seduto al mio fianco si accasciò a terra come un sacco. Il vecchio Shayler aveva ragione: la parola che per quindici anni era rimasta sospesa nell'etere aveva ritrovato i cavi.

AUSTIN PHILIPS

È sorprendente pensare che Austin Philips (1875-1947) sia finito così nell'oblio. Ai suoi tempi era uno scrittore amato e prolifico – soprattutto di racconti brevi e poesie, ma anche di opere teatrali e romanzi – ed era noto per l'originalità della sua narrazione e per le sue osservazioni della società. Uno dei suoi racconti, The Fourth Man *(1914), da cui è stato tratto un atto unico di notevole successo, prende in esame i pregiudizi e la morale che permeavano la società negli anni immediatamente precedenti la Prima guerra mondiale. Philips ha lasciato il segno però soprattutto nella narrativa, in particolare nei polizieschi, ambientati nel mondo del Post Office, ovvero delle poste:* The Man in the Night Mail Train *(1927),* The Unknown Goddess *(1929) e* The Real Thing *(1933) sono tre suoi pregevoli romanzi di questo genere.*

Philips attingeva alla sua esperienza. Aveva seguito le orme del padre diventando direttore delle poste, e anche prestato servizio nella sezione investigativa, che collaborava con i servizi segreti britannici controllando lettere e pacchi sospetti. Aveva infine fatto parte del Dipartimento di indagine postale, che lo aveva condotto in Sudafrica con compiti speciali, per cui il suo bagaglio era notevole.

Nel febbraio del 1907 sposò Iris Bland, figlia della scrittrice Edith Nesbit. Fino ad allora Philips aveva venduto qualche poesia a riviste, ma incoraggiato dalla suocera passò alle novelle, che iniziarono a comparire con regolarità su The Strand Magazine, *verosimilmente il maggiore mercato di sbocco delle opere della Nesbit. Uno dei primi testi pubblicati da Philips fu un articolo,* Delitti al Post Office. *Molti dei suoi primi racconti riguardavano indagini condotte nelle Poste reali britanniche, tra cui alcune storie di soprannaturale come la precedente.*

LA MORTE FANTASMA

di Huan Mee

Stranamente, quel quadro aveva affascinato tutta l'Europa.

In ogni capitale dove era stato esposto, migliaia di persone erano accorse a vederlo. Vi erano andati a frotte, spesso tornandoci più di una volta, spinti da una sorta di inspiegabile attrazione, più forte della loro volontà. E tutti avevano detto le stesse cose.

«L'ho visto, ma vorrei esserne rimasto alla larga. Darei qualunque cosa per non averlo fatto, quell'immagine mi perseguita. Però vacci, vai!»

E io, nella mia vita girovaga per il continente, avevo finito per ritrovarmi di volta in volta nella città in cui attraeva la sua folla morbosa, dove era diventato il fatto sensazionale del momento; e di volta in volta ero andato a vederlo, come tutti gli altri, spinto contro il mio volere davanti a quella tela ad assorbirne tutto l'orrore. Non l'orrore che vi era raffigurato, perché il grande quadro in sé non era ripugnante. Esercitava però un controllo terribile e totalizzante sulla mente degli astanti, mettendo in moto la loro immaginazione alla velocità della luce, evocando… che cosa? Chi saprebbe dirlo? Si andava via di lì desiderando che il destino avesse condotto i propri passi altrove, eppure l'indomani si ritornava.

Forse non era soltanto il quadro a esercitare quel terribile dominio sui sensi, anche l'ambientazione circostante contribuiva alla sua influenza magnetica.

Una mente ingegnosa aveva curiosamente stabilito che il quadro dovesse essere ammirato in solitudine e in una scenografia funerea. I visitatori entravano singolarmente in una stanza drappeggiata di crêpe in fondo alla quale si trovava il quadro, con una cornice di ebano lucido e attorniato da un cordone di seta, con luci nascoste dirette esclusivamente sulla sua tela, mentre il resto del locale era immerso nell'oscurità.

La mente superiore che aveva concepito l'idea doveva aver progettato anche quell'ambiente tetro.

Con attorno una folla di semplici curiosi che si scambiavano le loro opinioni banali sull'opera, chissà, forse sarebbe stato un quadro come tutti gli altri; ma nell'atmosfera mortifera di quella stanza buia, nel terribile silenzio che sembrava attanagliare persino i tendaggi stessi, divenne il più misterioso capolavoro del mondo.

Lo spettatore entrava da solo, fremente di tensione e di eccitazione trattenuta per ciò che gli avrebbe riservato la visita, leggermente scettico, forse, sugli effetti singolari che l'immagine aveva prodotto sulle persone, perché si sa che ognuno di noi si sente sempre diverso dagli altri. Poi se ne usciva, silenzioso e spettrale quanto la stanza che aveva appena lasciato, e come tutti rimaneva stranamente affascinato, costretto a tornarci più volte, e parlava di quel quadro con timore reverenziale, rifiutandosi di descriverlo ma dicendo agli amici: «Andateci!»

Ma poi, alla fin fine, che cos'era? *Gli ultimi momenti di Ivan Lestokij*. Nient'altro che il cortile di una prigione russa con la neve che mulina copiosa nel vento, sentinelle fosche schierate sullo sfondo e Ivan Lestokij che vive gli ultimi palpiti della sua tormentata esistenza.

Era il nostro cervello che ci trasmetteva – o sembrava trasmettere –, con agghiacciante nitidezza, quale inferno fosse stata la sua vita dalla prima volta che aveva varcato la soglia di quel cortile innevato.

Erano i nostri sensi che percepivano un passato di cui non vi era traccia apparente e raccontavano, gridando a squarciagola, tutta la storia di quel quadro. Che Ivan era stato martoriato, straziato e torturato su ordine spietato dell'essere che se ne stava lì, avvolto nella sua pelliccia. Torturato invano, perché aveva deriso e sbeffeggiato i suoi persecutori, senza rivelare mai nulla di ciò che avevano cercato di estorcergli con la forza bruta, finché alla fine, in quel cortile, colui che aveva ideato con diabolica ingegnosità tutte le pene da lui sofferte, in preda a un attacco di rabbia feroce lo aveva aggredito e strangolato con la coreggia in cuoio della sua frusta per cavalli.

Ivan si contorceva sotto ai nostri occhi nell'agonia della morte imminente; era la follia del pittore che gli aveva conferito un'espressione di odio beffardo, e al suo assassino uno sguardo spiritato colmo di orrore e angoscia, con la bocca semiaperta e gli occhi dilatati, come se stesse morendo lui al posto della sua vittima.

Fu a Londra che vidi il quadro per l'ultima volta. Chissà che non sia stato io l'ultimo a vederlo? Perché è risaputo nel mondo dell'arte che quel dipinto andò interamente distrutto nell'incendio che scoppiò alla Mecklenburg Gallery nella notte del 12 marzo del 1888, lo stesso giorno della mia visita.

Mi ero seduto e osservavo la tela, ammaliato, come sempre accadeva, dal mistero che raffigurava; rimasi a scrutarla fino a che non mi parve più di posare lo sguardo su una tela, ma su una scena reale. Era la vita stessa, nella quale ogni figura esisteva, si muoveva e aveva una propria concretezza, e anche la neve cadeva senza tregua sulle sentinelle vestite di grigio dello sfondo, accumulandosi davanti ai miei occhi. Poi – e il mio cuore parve arrestarsi per un attimo – lo sguardo mi cadde su un uomo in piedi accanto al cordone di seta, immerso, al mio pari, nella contemplazione del quadro.

Un uomo avvolto in un lungo pastrano di pelliccia, con gli stessi baffi neri arricciati, gli stessi occhi crudeli e la bocca maligna di quello del quadro. Il sovrintendente della fortezza di Vyshnegradskij. *Lo stesso uomo.*

Era pazzia, follia, una mera illusione. Eppure era lì in piedi che scrutava il suo avversario, mentre l'atmosfera di quella camera funerea sembrava farsi sempre più pesante e gelidamente opprimente.

Poi, mentre guardavo nella sua direzione, si voltò e si avvicinò a me.

«Un'opera meravigliosa», disse accennando un inchino. «L'ho già vista così tante volte... Eppure, come una calamita, mi attrae a sé ogni volta che mi trovo nelle sue vicinanze.»

«Sì, meravigliosa», concordai, incapace di dire altro.

Si sedette al mio fianco e io mi sentii percorrere da un brivido di raziocinio quando il polsino di zibellino del suo pastrano mi sfiorò la mano, nel constatare che era un uomo e non un fantasma. Benché il fatto che fossimo lì entrambi, rompendo le regole della galleria, mi lasciasse alquanto perplesso.

I miei occhi si posarono di nuovo sul quadro, che sembrò diventare più realistico che mai. Potevo vedere il petto di Ivan che ansimava, la coreggia che gli si stringeva attorno al collo. Potevo vedere i fiocchi bianchi turbinare vorticosamente nel vento pungente, e sentire la corrente di aria gelida che sferzava il cortile ghiacciato.

«Avete fatto voi da modello per Ivan Lestokij?», esclamò lo sconosciuto, rompendo il silenzio e volgendosi d'un tratto verso di me.

«Io?»

«Sì, certo; non può essere una coincidenza. Se sapete che faccia avete, nei lineamenti di quel povero diavolo che muore così atrocemente potete riconoscere i vostri, come se qualcuno vi tenesse uno specchio davanti al viso.»

Mi posò una mano sulla spalla e la mia pelle sembrò accapponarsi a quel tocco, poi, mentre con gli occhi seguivo ciò che il suo dito indicava, spostando di nuovo lo sguardo sull'uomo morente, sussultai per la sorpresa, per il terrore che mi raggelò il cuore quando mi resi conto, anche se per la prima volta, che ciò che diceva era vero. Era come se mi guardassi allo specchio.

«La somiglianza è straordinaria», mormorò.

«Non più che per quanto riguarda l'altra figura!», mi sforzai di dire con una risata secca e aspra.

Sollevò le sopracciglia con aria blandamente interrogativa.

«Il sovrintendente della prigione», spiegai, pur consapevole che, mio malgrado, la voce mi tremava. «Chi è se non voi in persona?», proseguii, puntando il dito sul suo sosia, così come lui aveva fatto con me. «È come se noi due avessimo vissuto in passato in quelle lande selvagge della Russia, e ora ci rivediamo un'altra volta a Bond Street.»

«Già, vi abbiamo vissuto e vi siamo morti!», rispose e, alzandosi, si avvicinò nuovamente al dipinto e posò entrambe le mani sul cordone di seta nera, rimanendo a lungo a fissarlo senza muovere lo sguardo.

«Vi abbiamo vissuto e vi siamo morti», ripeté; poi, con una noncurante alzata di spalle, come se avesse liquidato la questione, si voltò indietro e si rivolse a me in tono tranquillo e disinvolto, da vero uomo di mondo.

«È davvero strano», esclamò, «curioso, ma lasciamo correre senza fasciarci troppo la testa. Il destino ci ha fatti incontrare: bene, e così sia.» Poi proseguì, in tono più allegro: «Stasera cenerete con me, e potremo celebrare la dovizia di coincidenze che una sola ora ha portato nella vita di entrambi».

Avrei voluto declinare l'invito, ma non potei. Avrei sacrificato con gioia tutto ciò che il mondo mi aveva dato – le mie speranze, i miei obiettivi, le mie ambizioni segrete –, tutto quanto, per potergli dire di no, per poter essere a miglia e miglia di distanza da dove mi trovavo, in piedi accanto a lui davanti al quadro; ma era come se fossi privo di volontà, e accettai.

Poco dopo, quando tornammo alla luce del sole primaverile, avrei quasi potuto ridere della mia stupidità, ridere come si ride di sollievo risvegliandosi da un brutto sogno, ridere degli assurdi ghiribizzi di una mente debole, che aveva trasformato in un fenomeno soprannaturale la figura ben proporzionata e atletica del mio nuovo conoscente, che passeggiava in quel momento al mio fianco commentando l'ultima opera buffa.

Nel giro di dieci minuti eravamo lì a sollazzarci di ciò che poco prima mi aveva riempito di terrore, scherzando sui brividi che aveva provocato a entrambi; e, quando ci separammo, con piacere e trepidazione gli assicurai che avrei cenato con lui quella sera.

Ciononostante, prima che arrivasse l'ora convenuta giurai a me stesso decine di volte che non ci sarei andato e per decine di volte cercai di reprimere l'attrazione che sembravo provare per lui.

Alla fine stabilii di *non* presentarmi, ma proprio quando mi convinsi lui arrivò.

«Passavo di qui con la mia carrozza», esclamò prendendomi la mano. Io indietreggiai sbalordito, perché non gli avevo accennato minimamente a dove alloggiassi.

«Vorrete perdonare la mia intrusione. Mi avete dato il vostro biglietto da visita, come certamente ricorderete.»

Non era affatto vero. Non gli avevo dato nessun biglietto da visita perché avevo dimenticato la mia valigetta quando ero uscito nel pomeriggio.

«Perché avete quell'aria così stupita?», mi chiese con una risatina.

«Mi dispiace, ma non posso venire a cena con voi.»

«Ma come!», esclamò con disappunto, allargando le braccia.

«Dovete scusarmi ma mi sento troppo male stasera, sarei di scarsa compagnia.»

Mi piazzò una mano sulla spalla e lo stesso brivido di poche ore prima mi si insinuò come una ragnatela su fino al viso, allargandosi sulle tempie.

«Suvvia, preparatevi adesso, fate il bravo ragazzo», continuò, tornando inaspettatamente alla sua versione più amabile. «Vi do dieci minuti, nell'attesa mi berrò un whisky e soda.»

E io obbedii.

Non è il caso di dilungarsi troppo sulla qualità della cena: era la più superlativa che l'hotel più alla moda di Londra potesse offrire.

Portai la conversazione su ciò che più di tutto avrei dovuto evitare, parlando de *Gli ultimi momenti di Ivan Lestokij*, del nostro incontro nel pomeriggio, della misteriosa, inspiegabile rassomiglianza tra noi due e i personaggi ritratti nel dipinto.

Per un attimo il mio commensale sembrò voler sorvolare sull'argomento in favore di altro; poi però gli montò sul volto un'espressione terrorizzata e spingendo indietro la sedia di colpo indietreggiò, come se temesse che lo volessi attaccare. Fu come uno spasmo, che sparì rapidamente, quindi l'uomo tornò a sorridere.

«Avete mai...», iniziò a dire, poi si fermò e si accese una sigaretta.

«Ho mai che cosa?»

«Oh, niente...», rispose. Rimanemmo per un buon momento a guardarci e poi assunse l'aria di qualcuno costretto a parlare contro il suo stesso volere, sottoposto ai dettami di un potere che governava le sue labbra, mentre rivelava ciò che avrebbe preferito tacere.

«Avete mai sentito parlare delle circostanze della morte di Ivan Lestokij?»

«Mai.»

«Nessuno sulla faccia della terra le conosce a parte me», disse con enfasi, «e l'uomo che, spinto da Satana stesso, ha ritratto quella scena sulla tela. Osservando quei volti, la gente mormora che è una raffigurazione ben strana, e urla: 'Che follia averne scambiato l'espressione!' Ma soltanto io e colui che li ha dipinti, chiunque egli sia, sappiamo che le cose stavano proprio come sono illustrate.»

Si appoggiò allo schienale, come se l'argomento fosse chiuso, continuando a fumare placidamente la sua sigaretta; poi, come se fosse di nuovo costretto a parlare suo malgrado, si chinò in avanti, appoggiò le braccia sul tavolo e mi guardò con intensità.

«La solita vecchia storia», proseguì amaro. «Ivan Lestokij e sua eccellenza il conte Dalrukov amavano la stessa donna...»

«Quindi il conte Dalrukov...»

«È il sovrintendente, sì.»

«Ma il quadro dà un'idea di barbarie, da notte dei tempi», dissi io.

«Talvolta, le anime degli uomini sopravvivono su questa terra di epoca in epoca, affinché il Fato, o il destino, possa porre a compimento i propri progetti», rispose. «Datemi un'altra sigaretta e andiamocene; l'aria di questa stanza sta diventando irrespirabile.»

Si alzò improvvisamente dalla sedia e poi, prima che io potessi muovermi, si risedette altrettanto bruscamente.

«Di cosa stavamo parlando?»

«Di Ivan Lestokij.»

«Che se ne vada al diavolo!», sbraitò in un parossismo di rabbia. «Sia maledetto Ivan Lestokij con tutti i suoi orrori demoniaci. Sono stufo di questa saletta e della sua atmosfera soffocante, sono stufo della vita, sono stufo di tutto. Andiamocene.»

Abbassò lo sguardo su di me e ripeté: «Andiamocene». Io però non potevo muovermi. Era come se qualcuno mi attanagliasse, costringendomi a rimanere seduto dov'ero, per cui ci guardammo per un lungo istante in silenzio, aspettando.

«Ivan Lestokij era un bastardo», sibilò lui alla fine. «Bah! Basta, andiamocene. Andiamocene, ho detto!» Tuttavia non si mosse; né io, che me ne sarei andato più che volentieri, potevo farlo.

«La donna che Ivan amava, Olga», riprese, con lo stesso tono spiritato, «lo sposò. Il conte Dalrukov denunciò il rivale come traditore della patria, lo fece arrestare e confinare nella fortezza di Vyshnegradskij, di cui era sovrintendente, e lì morì. Suvvia, non c'è altro da dire. Andiamocene adesso.»

Era come un bambino che aveva ripetuto la sua lezione e aspettava di poter essere congedato.

«Che tu sia maledetto, non c'è altro!», gridò di nuovo. «Andiamo.»

«Benissimo», feci io. «Andiamo.» E con uno sforzo di volontà mi alzai dalla sedia e mi diressi verso di lui.

«Non ti avvicinare, Ivan Lestokij», sbraitò, prendendo un coltello che era sul tavolo. «Non ti avvicinare, o ti ucciderò.»

«Voi siete pazzo», ribattei, cercando di fare lo

spavaldo per ritrovare nerbo, mentre in realtà ero sconvolto. «Siete pazzo, siete ossessionato e vi infervorate per un intrigo amoroso di un secolo fa.»

«Sì, esattamente un secolo fa», rispose cupo. «È successo il 12 di marzo del 1788. E anche oggi è il 12 di marzo. Sedete, e vi racconterò tutto.»

«Sciocchezze, andiamocene.»

«Sedete!», ripeté infuriato e io, quasi senza sapere cosa stavo facendo, gli obbedii.

Si appoggiò allo schienale della sedia, stringendone i braccioli con tale forza che le nocche sembravano quasi voler uscire dalla pelle; il capo era leggermente inclinato da un lato, gli occhi semichiusi e il tono con cui parlò quello di un uomo in stato di trance.

«Gli orrori e le torture che il conte Dalrukov inflisse al suo rivale in quella fortezza avrebbero raggelato persino il vostro animo raziocinante da diciannovesimo secolo», riprese a dire. «Ma Ivan Lestokij li sopportava con sprezzo, mostrava dileggio per la sua sofferenza e le sue ferite. Trascinato fuori seminudo dalla sua miserabile cella sotterranea, nel gelido cortile della prigione, alle prime ore del mattino, continuò a deridere e a oltraggiare il suo nemico Dalrukov, ridendo sotto i colpi di frusta, e sostenendo che il suo assassinio sarebbe stato vano, perché Olga Lestokij era morta: gli era apparsa quel mattino e tra poco le loro anime si sarebbero unite per sempre. 'Uccidetemi', gridò nell'impeto della passione. 'Uccidetemi, incarnazione del demonio, mandatemi dove potrò riunirmi alla donna che è mia.' E Dalrukov lo uccise mentre stava ancora pronunciando quelle parole. Lo strangolò con la coreggia della sua frusta. Gliela legò attorno al collo e strinse, strinse finché le membra di Lestokij sussultarono ed egli cadde a terra stecchito. Era morto, eppure non appena la sua anima lasciò il corpo fu percorso da uno spasmo, gli occhi vitrei tornarono limpidi e le labbra distorte ripresero la loro forma naturale; e, con la coreggia ancora attorno al collo, disse: 'Voi, conte Dalrukov, e io, Ivan Lestokij, continueremo a vivere e ad abitare questo mondo, anche dovessero passare eoni, finché non vi avrò ucciso, come voi avete ucciso me'. Poi la sua anima tremante si spense e il suo corpo, coperto di lividi e ferite, cadde dalle mani del suo aguzzino.»

Il mio ospite terminò. Aprì lentamente gli occhi e alzò lo sguardo sopra il tavolo con un'espressione fredda.

«E com'è morto il conte Dalrukov?», chiesi rabbrividendo.

«È stato ucciso in un duello cinque anni dopo.»

«Allora mi avete semplicemente narrato una strana leggenda che il tempo ha dimostrato essere solo follia.»

«Follia assoluta», concordò lui, con un cenno affermativo.

«Follia assolu...», mi interruppi di colpo, con un sussulto terrorizzato. Una voce mi gridò nell'orecchio: «Uccidilo, Ivan, uccidilo! Uccidilo, uccidilo!»

Le mie mani erano aggrappate al bordo del tavolo, le gambe attorcigliate dietro la sedia; tutto il mio corpo fremeva dal desiderio di uccidere l'uomo seduto di fronte a me.

Aveva la testa inclinata di lato e mi fissava senza distogliere lo sguardo, come se anche lui potesse udire quella voce: «Uccidilo, Ivan, uccidilo!»

Era spaventoso, orribile. Cominciai a colpirmi il ginocchio con il pugno serrato, sforzandomi di annientare la monotonia di quel silenzio angosciante, rotto solo dalla voce tremenda che mi gridava nell'orecchio.

Perché lui non parlava e non si muoveva? Canticchiai tra me e me alcune battute del ritornello di un'opera e poi mi fermai, perché il terrore sembrava essere cessato; la voce si era sopita.

«Su, andiamocene», dissi, sforzandomi di mostrare un'allegria che non avevo e, alzandomi in piedi, feci un passo verso di lui; poi mi fermai, come fossi inchiodato al pavimento. Dietro l'uomo c'era una tenda, trattenuta da un cordone di seta.

Non mi serviva più la sollecitazione di una voce insidiosa. L'avrei ucciso. Se fossi riuscito a passargli dietro, se avessi potuto arrivare al cordone di seta, sarebbe sicuramente morto.

Rimasi dov'ero per quelle che mi parvero ore, poi avanzai silenziosamente di un passo e attesi, un altro passo e attesi e poi un altro ancora finché gli fui dietro e afferrai il cordone di seta.

Restai lì fermo ad ascoltare il suo respiro, ma

nemmeno allora l'uomo fece alcuna mossa; lentamente e con delicatezza sganciai il cordone, poi mi avvicinai quatto alle sue spalle.

Lui rabbrividì leggermente, sollevò lo sguardo e mi fissò; poi, mentre sembrava sul punto di dire qualcosa, gli avvolsi la corda attorno al collo e, dopo averla annodata rapidamente, la serrai.

Sollevò il viso per un istante, con un'espressione di agonia in volto e, con le dita contratte, mi afferrò le mani.

«Va bene così, Ivan Lestokij», ansimò; a quel punto strinsi il nodo con tutta la mia forza bruta, finché lui non si accasciò sulla sedia, morto stecchito.

Lo lasciai andare e rimasi a guardarlo per un istante, poi tutto mi piombò addosso come un fulmine a ciel sereno; ero tornato in me ed ero un assassino! Al culmine di una furia omicida avevo ucciso l'uomo della cui ospitalità avevo appena goduto.

Mi lasciai cadere su una sedia, guardando con occhi terrorizzati la mia vittima che giaceva sulla sua, e il cordone, sul tappeto dove lo avevo gettato.

Ero pazzo! Per anni la mia pazzia era rimasta latente e quella sera era esplosa; mi avvicinai cauto alla porta e rimasi in ascolto: non udii nulla fuori. La chiusi a chiave e tornai accanto all'uomo, senza preoccuparmi di lui, ma pensando a come fuggire di lì. E nel bel mezzo di tutto ciò, come in un nebuloso miraggio, si stagliò l'immagine de *Gli ultimi momenti di Ivan Lestokij*, con le figure centrali, la neve battente, le sentinelle fosche.

Gli toccai le guance: erano già fredde come il ghiaccio. Da un momento all'altro avrei potuto essere scoperto, eppure l'unico pensiero che mi frullava per la testa, in maniera vaga e meditabonda, era quanto fosse strano che l'avessi ucciso.

Dovevo però fuggire al più presto. Il suo pastrano di pelliccia era posato su un canapè, l'avrei indossato e sarei uscito dall'hotel. Ma in fondo che bisogno c'era di farlo? Dovevo semplicemente uscire, e nessuno ne avrebbe mai saputo niente.

Indossai il mio cappotto e poi, prendendo l'uomo per le spalle, lo spinsi sotto il tavolo e tirai la tovaglia bianca fino a farle toccare terra.

Dovevo allontanarmi il più possibile prima che venisse ritrovato e così, con un sorriso scaltro e compiaciuto, uscii in corridoio, chiusi la porta con la chiave e me la infilai in tasca.

Un cameriere stava salendo le scale. Mi fermai finché non mi fu vicino e poi qualcosa mi obbligò a parlare. Non potevo trattenermi.

«Ho ucciso un uomo in quella saletta», urlai. «È morto, l'ho nascosto sotto il tavolo.» Il vassoio che reggeva cadde rumorosamente sul pavimento.

«Cosa, signore? Cosa?»

«Ho ucciso l'uomo con cui stavo cenando… l'ho strangolato.»

«No, signore, non è possibile.»

«Venite a vedere», feci io, di nuovo spinto da una forza al di sopra del mio controllo. Riaprii la porta ed entrai, seguito da lui.

«Quello è il cordone che ho usato», gli dissi con perfetta calma, indicando il cordone di seta che giaceva sul pavimento. «Il cadavere è nascosto sotto la tovaglia. Guardate voi stesso.»

«Non ne ho il coraggio», gridò il cameriere, scivolando verso la porta.

«Vigliacco, non può più farvi niente ormai», sbraitai furioso. «Guardate!» E, afferrando i lembi della tovaglia, li piegai sul tavolo. «Guardate, idiota! E poi andate a riferire che l'ho ucciso, io aspetterò qui.»

Lanciò un'occhiata sotto il tavolo e poi fece un sospiro.

«Dio santo, signore, che spavento mi avete fatto prendere! Non è giusto fare scherzi così a un pover'uomo.» Si asciugò il viso terreo e si versò un bicchierino di brandy e io, seguendo il suo sguardo, guardai sotto il tavolo e vidi che non c'era nulla.

Avevo nascosto il corpo là sotto, non lo avevo portato fuori da quella stanza; rivolsi meccanicamente lo sguardo al divano dove erano appoggiati il pastrano e il cappello del mio ospite. Era vuoto.

«Sul serio, signore. Non è giusto, non è affatto giusto», disse ancora il cameriere, servendosi nuovamente da bere. «No davvero, capite. Accidenti, che attore siete, credevo lo aveste fatto veramente.»

«Ma io l'ho fatto, stupido idiota!», urlai, lasciandomi cadere su una sedia, tremante.

«Volete che vi chiami una carrozza, signore?»

«No, portatemi qui il vostro direttore.»

L'uomo uscì; io mi inginocchiai per terra e strisciai sotto il tavolo. Allungai le braccia tastando il tappeto, convinto di essere vittima di una terribile illusione ottica e che il corpo fosse ancora lì, anche se non lo vedevo. Poi, in preda a uno stupore terrorizzante, tornai a sedermi, prendendomi la testa confusa tra le mani tremanti.

Che fine aveva fatto? Chi era quell'uomo? Chi avevo ucciso?

Il cameriere tornò accompagnato dal direttore, entrambi con lo sguardo di chi teme di avere a che fare con un pazzo furioso. Sulla soglia si aggirava un concierge.

«Mi è stato riferito delle vostre allucinazioni», osservò il direttore. «Posso assicurarvi che vi sbagliate. Conosco il conte Dalrukov da cinque anni e...»

«Santi numi! È così che si chiamava?», dissi ansimando.

«Conte Nikolaj Dalrukov. È un cliente abituale, quasi un amico.»

«L'ho ucciso.»

«Credetemi, vi state sbagliando», mormorò garbato. «Non più tardi di dieci minuti fa è venuto nel mio ufficio, ha saldato il conto della sua permanenza nel nostro hotel e io l'ho visto personalmente salire su una carrozza.»

«Giurate che è la verità?»

«Nel modo più assoluto, e sono molto dispiaciuto

della sua partenza. Nutrivo grande stima di lui e mi addolora che ci abbia lasciati per sempre.»

«Per sempre?»

«Malauguratamente, sì. Le sue ultime parole sono state: 'Vi auguro la buonanotte, e vi do il mio addio, perché non ci rivedremo mai più'.»

HUAN MEE

A partire dal 1894 e per quasi vent'anni, il nome Huan Mee apparve su molte riviste dedicate alla narrativa popolare, sovente sotto racconti del mistero e del fantastico. Comparvero anche diversi libri, tra cui alcuni polizieschi quali A Diplomatic Woman *(1900) e* The Jewel of Death *(1902). Gli appassionati di teatro avrebbero presto scoperto che sotto lo pseudonimo di Huan Mee si nascondevano due fratelli, Charles e Walter Mansfield, quando i due rivelarono la loro identità in una lettera riguardante il possibile plagio di uno dei loro libretti d'opera.*

Entrambi i fratelli erano giornalisti, ma mentre Charles (1864-1930) firmava romanzi anche con il suo nome, Walter (1870-1916) scriveva unicamente in coppia con lui come Huan Mee. Charles era approdato alla narrativa perché stufo del pragmatismo della cronaca finanziaria, motivo per il quale molti dei testi che produsse appartengono al genere d'evasione e dell'assurdo. La firma Huan Mee divenne così nota che Charles continuò a usarla anche per le proprie opere letterarie dopo la morte prematura del fratello, nel 1916. Insieme produssero decine di storie, di cui quella precedente è un esempio estremamente fantasioso.

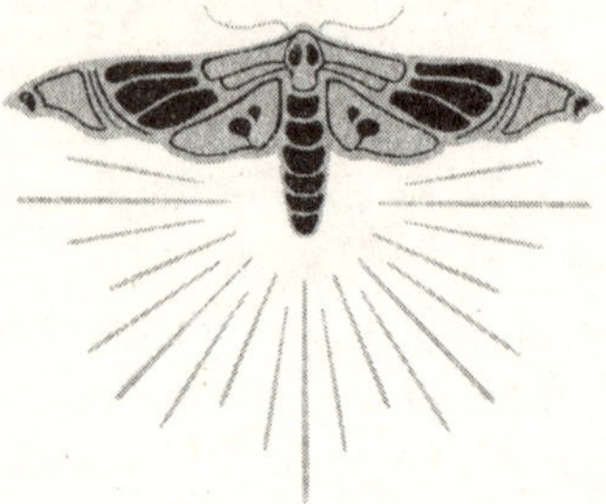

L'ANIMA DI MADDALENA TONELLI

di James Barr

In fin dei conti, l'euforia di Herman Yorke poteva essere giustificata. Essere scelto come primo violino della Amateur Orchestral Society non era qualcosa che capitasse a chiunque, e la delizia di Yorke era pari alla rarità di quel privilegio. Il suo passatempo, reso possibile dagli ampi mezzi di cui disponeva, era andare a scovare violini nei recessi più reconditi, il suo culto era suonarli. Nei suoi ventisei anni di vita, era già entrato in possesso della bellezza di cinquantadue violini. Molti di essi li aveva adocchiati nelle vetrine dei banchi dei pegni o nei negozi dell'usato; tre li aveva comprati nuovi e cinque gli erano stati donati da ammiratori, perché suonava in modo sublime. Herman Yorke amava tutti i suoi strumenti e se ne prendeva cura teneramente; li custodiva accuratamente avvolti in fazzoletti di seta bianchi e li suonava a turno, affinché anche l'esistenza di quelli di minore qualità non diventasse tediosa. Li preservava tutti dalla polvere di resina e dall'umidità, assicurandosi con estrema minuzia della loro incolumità.

Herman Yorke li amava di un amore assoluto, nessuno escluso. Per lui i suoi violini erano come dei bei bambini, dolci e con una graziosa voce che, a seconda del caso, rispettavano, influenzavano e riflettevano i suoi umori.

Purtroppo – ma è così che vanno le cose – anche per i propri figli un uomo nutre simpatie e antipatie. Ce n'è sempre uno che per qualche sottile motivo di carattere fisico, mentale, emotivo o spirituale è preferito rispetto al resto dei suoi consanguinei, i quali hanno il suo stesso desiderio di compiacere e lo stesso – se non superiore – desiderio di essere amati. Come molti genitori, Herman Yorke tentava di essere imparziale nei confronti della sua famiglia di violini; tuttavia, nonostante i suoi sforzi, ce n'era uno che gli si era insinuato nel cuore e riceveva carezze più amorevoli di tutti gli altri.

L'aveva a suo tempo scovato in un banco dei pegni sulla Ratcliff Highway e, a dire la verità, al suo interno c'era un foglietto di carta macchiato dal tempo con sopra il magico nome di Stradivari. Altri quarantotto della sua collezione erano stati similmente spacciati per prodotti accreditati, equamente divisi tra Stradivari, Amati, Stainer e Montagnana. Naturalmente nessuno, se non i meno intelligenti o esperti, presta la minima attenzione a queste etichette; tuttavia, bisogna riconoscere a Herman Yorke una larghezza di vedute tale da non farsi irritare da quell'impertinenza. Aveva dunque comprato il violino e, con il tempo, preso l'abitudine di chiamarlo il suo «Stradivari».

Per timbro e tono era uno strumento magnifico, ma non riusciva per un soffio a raggiungere l'ineffabile grandezza, la portentosa magia degli Stradivari nella loro massima espressione. Al pari della tecnica esecutiva del suo padrone, rimaneva sempre un pelino al di sotto del superlativo. Comunque, la Amateur Orchestral Society fu ben felice di essersi accaparrata due nuove reclute quali Herman Yorke e il suo «Stradivari». Perché fu con quello che egli scelse di fare la sua prima apparizione alla Queen's Hall.

Gli Amateur eseguono quattro concerti all'anno, in occasione dei quali la Queen's Hall si riempie dei suoi membri e degli ospiti dell'orchestra. Herman Yorke fece il suo debutto nel primo appuntamento dopo Natale. Si trattava di uno «smoker», un concerto in cui era concesso fumare, ma quella sera nell'aria c'era molto più Mendelssohn che fumo, perché cadeva nell'anniversario di nascita dell'illustre compositore e le donne superavano di gran lunga gli uomini tra il pubblico. Yorke soffriva di ansia da palcoscenico, ma non appena si sedette sulla sua sedia, proprio sul bordo del palco nel punto più vicino alla platea, ogni timore gli passò.

Molti criminali, pur avendo trascorso parecchio tempo nel più assoluto terrore, vanno al patibolo senza mostrare paura; molti uomini dormono profondamente, dopo che si è abbattuto su di loro il temuto disastro che per notti e notti li ha tenuti insonni, a rotolarsi e gemere nel letto. Lo stesso fu per Herman Yorke, quando prese posto e pizzicò le corde per trovare il tono giusto. Sentì di avere i nervi saldi e la mente fresca, gli occhi limpidi e le dita flessibili, durante quel momento topico in cui la bacchetta del direttore d'orchestra si alzò per aria invitandolo a prepararsi.

Suonò per tutta la sinfonia in maniera imperturbabilmente corretta, come fosse stato nella sala da musica di casa sua, a Primrose Hill. E, quando questa terminò, si appoggiò allo schienale della sedia a occhi chiusi, rievocando l'eterea e allucinata gioia dell'appassionato che ha preso parte a un'esecuzione mirabile. Dimentico nel suo piacere, non lanciò neppure un rapido sguardo a Esther Burnaby, che sedeva altezzosa tra le prime file della platea, con tutta l'austerità del suo sangue normanno e la ricchezza degli abiti del ventesimo secolo. La ragazza notò quella dimenticanza ma non se ne curò troppo, essendo abituata a guardare Herman Yorke con scarsa considerazione, nonostante l'anello di fidanzamento che proprio il violinista le aveva messo al dito. Al contrario, la dimenticanza la rallegrò, se «rallegrare» non è un termine troppo caloroso in riferimento a una persona così insipidamente algida come Esther Burnaby.

Fu poco dopo l'inizio dell'ouverture della *Grotta di Fingal* di Mendelssohn che una strana sensazione si insinuò in Herman Yorke. Per la prima volta quella sera, si sentì addosso uno sguardo ardente. Era l'ansia da palcoscenico che si rifaceva viva, quando ormai credeva di aver scampato il pericolo? Certo che no! Sapeva che stava suonando bene come sempre, nonché di essersi ormai conquistato la fiducia del direttore d'orchestra, eppure lo colse una paura improvvisa. Mentre suonava, le tempie iniziarono a bruciargli come se due occhi – anzi, duecento occhi – fossero puntati su di lui e la loro azione congiunta equivalesse a una fiamma. Si morse furiosamente il labbro inferiore e sbatté più volte le palpebre per schiarirsi la mente.

Desiderava con tutto se stesso una pausa nell'esecuzione per poter alzare gli occhi dalla partitura.

La pausa infine arrivò.

Herman Yorke appoggiò il capotasto del violino sul ginocchio sinistro e si voltò verso il pubblico. Fece errare sulle teste all'insù delle persone lo sguardo, leggero come la danza di una farfalla sopra le pannocchie quasi mature del campo, poi, tutto d'un tratto, si fermò folgorato. I suoi occhi incrociarono quelli di una ragazza, che sembravano penetrargli persino nell'anima.

Prima che gli venisse in mente di distogliere lo sguardo, Herman Yorke indugiò in quello della ragazza alcuni secondi più del dovuto e, quando lo spartito gli impose di riprendere, fu solo a seguito di un notevole sforzo mentale che poté riportare l'attenzione al violino. E per tutto il tempo in cui suonò continuò a sentire quegli occhi fissi su di lui, tenaci, irremovibili, fino a che il loro effetto arrivò a rasentare il malessere fisico.

E che ragazza, tra l'altro! Capelli neri come una mezzanotte d'oriente, pupille luminose come un mare rilucente, labbra piene e sensuali, guance tonde accese di rosso seppia: una creatura intrisa della passione e delle emozioni di un clima dove il sole arde implacabile e un'uva dolcissima matura, dove ogni fiore è un effluvio e lo svolazzare di una farfalla un gioioso carosello. Dove la vita è tempestosa e la morte un baccanale.

Quale grottesco vento della fantasia aveva trasportato quella creatura appassionata, dagli ornamenti superbi, nel grigiore di Londra? E perché, perché lo scrutava con quella intensità? Anche nello sguardo della ragazza si potevano leggere mille significati, ma quali? Egli non era in grado di intuirli. Quello sguardo sembrava avvolgerlo tra le fiamme, facendogli ardere nella mente i desideri che lei nutriva. No, Herman Yorke non sapeva decifrare quel mistero, perciò decise risoluto di non permettere ai propri occhi di vagare nella direzione di quell'affascinante creatura, nonostante la smania e la curiosità lo divorassero.

Continuò imperterrito a suonare il suo violino, fino a che non arrivò l'intervallo. A quel punto alzò gli occhi. Sì, lei continuava a fissarlo intensamente. Non gli era mai capitato prima di dover sostenere un tale sguardo, così pieno di nostalgia, di supplica, di preghiera. Mai aveva uno sguardo espresso con tale ansia un desiderio di attenzione tanto disperato. Lo invocava con voce limpida perché gli prestasse orecchio. Dovette di nuovo fare appello a tutte le sue forze prima di poter distogliere il suo.

«Che sfrontatezza per essere una ragazza», cominciò a dirsi, ma poi si interruppe all'istante. «No, non è sfrontatezza, c'è qualcosa di più profondo in quell'espressione. Ma cos'è questo qualcosa che non riesco a indovinare? Però non può continuare a fissarmi tanto intensamente, altrimenti rischia di attirare su di sé – e su di me – più attenzione del dovuto. Andrò al fianco di Esther Burnaby e, se ne sarò in grado, mi comporterò in modo da far capire a questa strana ragazza mediterranea che non sono del tutto libero di fare come mi pare.»

Dal palcoscenico contornato di fiori, Herman Yorke raggiunse le prime file della platea. Esther Burnaby lo accolse con la sua abituale, ottusa superiorità, benché Yorke si mostrasse galante e pieno di attenzioni. E, quando ritenne di aver sufficientemente chiarito quale fosse la relazione tra di loro, il violinista si voltò verso il punto in cui aveva visto la ragazza mediterranea. Il suo posto era vuoto. Si guardò intorno. Era circondato da ogni lato da persone vestite elegantemente, a crocchi, a coppie o in piedi da sole, ma da nessuna parte scorse quella nuca corvina o quegli occhi ardenti e ammalianti.

L'intervallo giunse al termine. Herman Yorke guardava la bacchetta del direttore sollevata, il posto in quinta fila era vuoto. Il primo violino si immerse anima e corpo nel *Canto di primavera* di Mendelsshon quando, come prima, avvertì un doloroso fastidio alla fronte, che gli fece contrarre violentemente le sopracciglia. Quindi la ragazza non se n'era andata? E per di più stava cercando di attrarre la sua attenzione! Benissimo, sarebbe rimasta delusa. Senza permettere al suo sguardo di vagare per la sala, suonò tutto il *Canto di primavera* e il *Matrimonio delle api*; in effetti, fu solo quando si alzò in piedi per eseguire l'inno nazionale che si concedette di lanciare un'occhiata. La ragazza aveva gli occhi pieni di lacrime, già, si poteva vederne il bagliore e il luccichio, e sul viso un'espressione di ineffabile tristezza. Ma la cosa più strana fu che, quando incrociò il suo sguardo, ella allungò il braccio sinistro con il palmo rivolto verso l'alto e le dita ricurve, come se stesse tenendo in mano un violino. Poi sollevò anche il braccio destro e mosse le dita come se stesse stringendo il pirolo della corda di Mi del suo strumento immaginario. Herman Yorke ascoltò il proprio violino con attenzione, finché non fu sicuro che fosse perfettamente accordato. Cosa diavolo stava cercando di dirgli la ragazza?

«È sicuramente pazza», si disse. «Per quale sfortunato caso si è fissata proprio con me? Confido che Esther Burnaby non se ne sia accorta. Perché in caso contrario... Fulmini e saette!»

Il giovane ripose lo «Stradivari» nella sua custodia con l'usuale cura, poi si voltò a guardare la folla diretta alle porte di uscita. Non poté distinguere la figura della ragazza dagli occhi neri. Senza dubbio era lì, tra la gente che si accalcava, ma non gli riuscì di vederla.

Spesso, nel corso delle settimane che trascorsero tra il suo primo concerto e il secondo, Herman Yorke pensò alla ragazza che lo aveva tanto turbato, affascinato e sconcertato. Si chiedeva chi potesse essere e se suonasse anche lei il violino. E soprattutto, si chiedeva il perché della sua strana pantomima. A volte ipotizzò volesse criticare la sua impostazione sullo strumento, altre che l'orecchio l'avesse portata a convincersi di qualche sua stonatura. Con quale diritto aveva interferito in quel modo? Chi era, per sentirsi in dovere di fargli quei segni e fissarlo così?

Alle prove settimanali – deliziosi boccioli che con l'intercedere del tempo portavano gradualmente alla piena fioritura – del concerto, erano sempre presenti molti ospiti; e, in ciascuna di quelle serate, Herman Yorke aguzzò la vista per cercare la ragazza. Di lei non c'era traccia.

Giunse la serata del concerto di primavera. Yorke fu il primo degli orchestrali a raggiungere il palcoscenico; rimase a guardare la gente che affluiva ai propri posti, con molte strette di mano e amabili chiacchiere, perché il pubblico era una congrega di amici e conoscenti. Il primo violino osservava svogliatamente il caleidoscopico intrecciarsi di atomi, chiedendosi con scarsa convinzione se la strana ragazza avrebbe fatto la sua comparsa. Quella sera la sua presenza non gli avrebbe destato troppa ansia, perché Esther Burnaby aveva preferito un torneo di whist al concerto alla Queen's Hall. Similia similibus…

L'orchestra si lanciò nelle *Scènes de ballet* di Glazunov e, pochi secondi dopo aver teso l'archetto, Herman Yorke si rese conto che quegli occhi erano di nuovo puntati su di lui. Non appena ne ebbe l'opportunità scrutò furtivamente l'auditorio e, in effetti, come nella precedente occasione, la donna dalla capigliatura corvina era seduta in quinta fila. Sembrava un po' più pallida e smagrita, ma gli occhi erano grandi e lo sguardo penetrante come la prima sera che l'aveva vista. Quella di Yorke non fu che una sbirciata, ma pur in quel breve lasso di tempo la ragazza riuscì a toccare il pirolo immaginario di un violino immaginario. Non vi erano possibilità di fraintenderla. E ripeté il gesto ogni volta che egli posò lo sguardo su di lei.

Quando il pezzo finì e gli applausi si spensero, Herman Yorke posò il violino sul ginocchio e con l'indice della mano destra diede qualche colpetto al pirolo della corda del Mi, mentre osservava con attenzione la ragazza. Il viso le si illuminò in un sorriso radioso, alzò le sopracciglia scure estasiata e annuì tre volte con il capo. Poi chiuse l'indice e il pollice della mano destra come se stesse tenendo il pirolo tra le dita e vi diede una rapida stretta.

Herman Yorke studiò il pirolo del suo strumento, senza vedervi nulla di inusuale. Anche a un esame più critico, non era altro che un semplice pirolo, identico agli altri tre! Era proprio quello a preoccuparla? Per accertarsene, toccò la cordiera con aria interrogativa.

La ragazza scosse energicamente la testa.

Avrebbe voluto che fosse meno espressiva, c'era il rischio che attirasse l'attenzione su di sé. Fu sollevato nel constatare che nessuno sembrava essersi accorto di loro.

Toccò il ponticello.

La ragazza scosse la testa.

Toccò la tastiera.

Lei scosse la testa.

Toccò il pirolo del Re.

Lei si accigliò e scosse la testa.

Toccò il pirolo della corda di Mi.

La ragazza sorrise e annuì energicamente.

«Qualunque cosa le passi per la testa deve avere a che fare con questo benedetto pirolo, ma per quanto mi piacerebbe continuare la nostra pantomima, ho paura che qualcuno se ne accorga. Durante l'intervallo mi farò coraggio e andrò a chiederle di spiegarmi. Fino ad allora, eviterò di guardarla.»

Arrivato l'intervallo Herman Yorke lanciò un'occhiata alla ragazza, con l'intenzione di farle capire che voleva parlarle, poi si fece rapidamente strada dietro al palco e girandoci attorno scese nella platea. La ragazza non si vedeva da nessuna parte.

«Ma che diamine, perché è scappata? Avrà pur capito che i suoi gesti hanno acceso la mia curiosità, ma che non so interpretarli se non me li spiega a parole. Eppure se n'è andata lo stesso. Basta, non degnerò più di uno sguardo la sua messinscena.»

Tuttavia, tornò presto sui suoi passi. Aveva infatti notato, seduto nella stessa fila a sole quattro poltrone di distanza dalla ragazza, il suo amico Tomson, sempre generoso di attenzioni verso il gentil sesso. Di sicuro, difficilmente si era lasciato sfuggire quei grandi occhi scuri.

«Ehilà, Tomson», fece Yorke con disinvoltura, «senti, c'è una ragazza notevolissima seduta a quattro posti dal tuo sulla destra, per caso è una tua conoscente?»

«Con che diritto noti le belle ragazze in sala? Tu sei qui per suonare il violino», rispose Tomson faceto.

«Oh, so fare di più che suonare solo il violino, all'occasione. Presumo di potermi prendere la libertà di guardarmi intorno, di tanto in tanto.»

«Non ho notato nessuna bella ragazza nella mia fila», riconobbe Tomson, facendosi serio. «Stai parlando del quarto posto alla mia destra? Credevo fosse vuoto.»

«Vuoto!», fece Yorke ridendo. «Vuoto! Neanche per sogno! Tutt'altro, tutt'altro... Da' un'occhiata quando ricominciamo, e vedrai se è vuoto!»

«Allora dovrò procurarmi degli occhiali, Yorke. Meglio morto che non accorgersi di una bella ragazza! Magari l'avessi vista!»

«Hai ancora una possibilità. Quando rientra, guardala per bene. Ho i miei motivi.»

«Motivi o non motivi la guarderò di certo, ma che altro c'è sotto, Yorke?»

«Oh, stupidaggini!», chiosò l'amico, e andò a salutare altri conoscenti.

Herman Yorke riprese a suonare e di nuovo sentì i grandi occhi della ragazza puntati su di lui. Lanciò un'occhiata interrogativa a Tomson, che ricambiò senza capire. Yorke fece un cenno quasi impercettibile verso la ragazza e Tomson voltò volutamente il capo per guardare. Poi, altrettanto volutamente, si girò verso l'amico e scosse la testa. Una sensazione inquietante si impadronì del violinista, mentre la ragazza continuava a tirare un pirolo immaginario. Herman Yorke si agitò, pur senza smettere di suonare.

La sinfonia terminò, il pezzo successivo era una cantata. Il primo violino si alzò con discrezione e fece segno a Tomson di andare all'entrata degli artisti.

«La conosci?», chiese impaziente a Tomson.

«Se la conosco? Come no, come potrebbe conoscerla chiunque, perché non c'è nessuna lei o nessun lui nel posto di cui stai parlando. Ecco come la conosco.»

«Ti prego di non canzonarmi, vecchio amico, perché mi sta veramente sconcertando, e immagino che lo faccia deliberatamente. Sai chi sia?»

«Yorke, devi essere proprio esaurito, perché hai le visioni; te lo giuro, non c'è nessuno seduto al quarto posto sulla mia destra! È quella la poltrona che intendi?»

«Certo che lo è.»

«Be', è vuota.»

«Tomson, ma sei cieco! Una ragazza con occhi e capelli neri come l'inchiostro...»

«Dacci un taglio, o se proprio vuoi descriverla, almeno fallo in modo originale, che so, dimmi che ha gli occhi rossi e i capelli verdi. Perché, se su quella poltrona c'è una ragazza, allora deve essere fatta di materia invisibile, una sorta di telegrafo senza fili in versione umana! Non si frappone alla vista.»

Herman Yorke si passò la mano sulla fronte, e Tomson comprese il suo stato d'animo.

«Quando la cantata finisce, io tornerò al mio posto e tu al tuo», disse. «Poi, se la vedi ancora e non ti sei sbagliato riguardo al posto che occupa, fammi un cenno e io guarderò, anche se temo avrei bisogno di un binocolo per poterla scorgere. Do per scontato che tu mi stia parlando con sincerità.»

«Mai stato più sincero in vita mia! Questa storia è andata così tanto avanti che ormai deve continuare, anzi, deve arrivare a una conclusione.»

Yorke tornò in fretta al suo posto; la ragazza era sempre seduta e lo divorava con gli occhi. Tomson rimase in piedi all'inizio della fila fino al cenno dell'amico, poi andò apposta alla poltrona da lui indicata e vi si sedette. In un lampo, la ragazza riapparve nel posto precedentemente occupato da Tomson. Questi alzò le sopracciglia come per dire: «Vedi, vecchio mio, non c'è nessuna ragazza carina qui, purtroppo!»

Herman Yorke fu travolto da un'ondata di terrore. La ragazza quindi era una visione, e soltanto lui la vedeva. Era evidente che Tomson, pur aguzzando la vista, non l'aveva scorta; eppure lei era lì, seduta impaziente, che agognava, implorava di essere guardata! E con quanta energia faceva girare il pirolo fantasma del violino fantasma! Con il passare del tempo la sua espressione si fece sempre più cupa, finché non gli trasmise, con la stessa chiarezza che se avesse parlato: «Se continui a rifiutarti sarà a tuo rischio e pericolo!»

«Sono riuscito a convincerti che non c'era nessuno seduto in quel posto?», gli chiese Tomson quando si incontrarono a fine concerto.

«Tu, di certo, ci sei riuscito», rispose lui con diplomatica ambiguità.

Quella notte, Herman Yorke si sedette nella sala della musica di casa guardando torvo il suo «Stradivari». Si rendeva assolutamente conto che qualcosa doveva fare, per evitare che quella persecuzione gli causasse un crollo nervoso. Il suo spirito si ribellava all'idea di mettere brutalmente le mani sullo strumento, ma qualcosa bisognava fare. Quel dannato pirolo del Mi! Cosa aveva che non andava? Lo rimosse e lo sostituì con quello del suo secondo violino preferito. Non appena sfregò l'archetto sulle corde, che cambiamento possente!

Le note risuonarono limpide come il rintocco di una campana, esultanti, trionfanti, come se celebrassero la ritrovata libertà dopo essere state oppresse per molti anni. Si riversavano angeliche, con un timbro struggente, ineffabile. Sul momento, Herman Yorke ebbe quasi timore di continuare a suonare, poi si fece prendere completamente dalla magia della musica prodotta dallo strumento, una melodia trascendentale, ineguagliabile. Andò avanti per oltre un'ora, con i tratti del viso tirati come se soffrisse, di fronte a tanto splendore; poi si lasciò cadere lentamente sulla sedia, appoggiò le braccia sul tavolo e guardando il violino iniziò a singhiozzare, come reazione alla tensione che si era sciolta.

Uno Stradivari, un autentico Stradivari! Aveva finalmente proclamato la sua nobile origine con tutta l'anima. E sul pavimento, dove l'aveva gettato in preda all'isteria, giaceva quel pirolo farlocco, che fino a quel momento ne aveva involgarito le note. Herman Yorke benedisse quella strana ragazza dagli occhi neri, o era uno spirito? Di chi? Non importava niente, bastava che gli avesse svelato l'anima dello Stradivari.

L'accesso di gioia e di sorpresa scemò e Herman Yorke si rimise il violino sotto il mento per suonare un ultimo pezzo prima di riporlo. Fu allora che accadde la catastrofe che rischiò di comprometterlo per sempre. Yorke calpestò il pirolo buttato via, che gli fece scivolare il piede; il giovane incespicò in avanti e fu solo lasciandosi sbattere violentemente la testa sul muro che poté salvare il prezioso strumento.

In un impeto di rabbia, schiacciò sotto il tallone quel pirolo che, come in collera per essere stato detronizzato, gli aveva quasi distrutto lo Stradivari.

Quando alzò il tacco, vide alcuni frammenti di legno e, tra di essi, un nucleo centrale ancora integro. Allungando la mano, Herman Yorke raccolse un minuscolo cilindro di metallo.

Ecco dunque l'elemento estraneo che declassava il suono di quel magnifico violino. Come aveva fatto quell'oggetto a finire in un pirolo? Di sicuro Stradivari non aveva mai mortificato i suoi manufatti inserendovi parti metalliche che ne attutivano il timbro. Doveva essere stato qualche inetto ad aver sostituito successivamente quel pirolo all'originale.

Herman Yorke teneva il cilindretto tra l'indice e il pollice, esaminandolo con occhio critico. La prima cosa che lo colpì fu l'estrema leggerezza del metallo, poi si accorse d'un tratto che aveva un cappuccio, o un tappo, su un'estremità. Lo tolse subito, e scuotendo il cilindro un minuscolo rotolo di sottilissima pergamena gli cadde sul palmo. Con l'ausilio di una lente d'ingrandimento, decifrò dal latino pressappoco le seguenti parole:

Per dare pace all'anima di Maddalena Tonelli, leggete!

Affinché si ponga fine a un'ingiustizia, ubbidite!

Questo Stradivari era di proprietà del signor Umberto Canini, celebre maestro di Verona. A Roma, sul giaciglio di morte, egli ha affidato a me, Maddalena Tonelli, sua allieva, il violino perché venisse consegnato alla sua unica figlia, la signorina Carina

Canini. La tentazione è troppo grande, la mia passione per il violino è tale che non manterrò la promessa finché non sentirò la morte incombere su di me. Ma in caso dovesse sopraggiungere all'improvviso, ogni volta che lo ripongo sostituisco un pirolo con uno finto contenente questo messaggio, nella certezza che il suono alterato del violino ne rivelerà a un orecchio esperto la presenza. Sappiate, voi che troverete questo messaggio, che l'anima di Maddalena Tonelli non avrà mai pace fino all'avvenuta restituzione. Cercate la signorina Carina Canini a Verona, o, se disgraziatamente fosse passata a miglior vita, il suo discendente più prossimo e restituite questo prezioso Stradivari al legittimo proprietario.

Affinché l'anima di Maddalena Tonelli abbia pace, ubbidite!

Affinché si ponga fine a un'ingiustizia, ubbidite!

Che l'Altissimo riversi sul vostro capo le sue molteplici benedizioni.

MADDALENA TONELLI. 1707

Herman Yorke si appoggiò allo schienale della poltrona e chiuse gli occhi.

«Ho visto l'anima di Maddalena Tonelli», disse, poi rimase a lungo in silenzio.

L'anima di Maddalena Tonelli, errante, tormentata, inquieta, in attesa del momento in cui si sarebbe posta fine all'ingiustizia di cui si era resa colpevole, quando la riconsegna avrebbe potuto restituirle la pace! Per duecento anni aveva vagato, seguendo le sorti del violino. Si era già rivelata ad altri proprietari dello Stradivari? Forse no. Forse nessuno dei suoi predecessori nutriva una passione tale per la grana e l'essenza del suono da riuscire a vedere l'anima di Maddalena. Il banco dei pegni di Ratcliff Highway faceva pensare a una successione di violinisti marinai ubriaconi, agli occhi dei quali nulla di meno sporgente di una galloccia d'ormeggio poteva spiccare. Solo a lui era stata concessa la visione di quello spirito.

Herman Yorke saltò in piedi. Che cosa? Rinunciare al suo Stradivari quando ne era appena venuto in possesso? Mai! Non lo aveva forse acquisito in modo più che legittimo? Senza ombra di dubbio. Era quindi plausibile che ora, dopo averne assaporato il gusto divino, se ne distaccasse per espiare i peccati di un'altra persona, di origine lontana, di epoca lontana? No, mai, mai! Lo Stradivari era suo agli effetti di tutte le leggi che sancivano il diritto di proprietà. E suo sarebbe rimasto, a dispetto di quegli occhi imploranti e dei loro lacrimoni.

E poi c'era un'altra cosa. Erano passati duecento anni, non era assurdo pensare di poter risalire ai legittimi eredi della fu signorina Carina, figlia del maestro di violino? Decisamente assurdo! Discendenti? Altro che uno, potevano essercene centinaia! Era compito suo prendersi la briga di far ricerche e vagliare tra la popolazione italiana? Certamente no. Anche per le questioni di coscienza dovevano esistere dei termini di prescrizione. In quel preciso istante, Herman Yorke prese tre decisioni. Primo, non avrebbe rivelato a nessun essere vivente il ritrovamento del messaggio; secondo, non avrebbe prestato la benché minima attenzione alla richiesta della defunta Maddalena Tonelli; terzo – per alleggerirsi la coscienza –, nel suo testamento avrebbe lasciato lo Stradivari alla città di Verona. L'ultimo proposito avrebbe sicuramente appagato l'anima di Maddalena Tonelli!

Giunse la sera del concerto di Natale e Herman Yorke attese dietro al palco finché arrivò il momento in cui fu chiamato a prendere il suo posto nell'orchestra. Attraversò intrepido il palcoscenico e, senza degnare di uno sguardo il pubblico, si accomodò e sistemò il violino e lo spartito. Al primo movimento dell'archetto, accaddero due cose. In primo luogo vide il direttore d'orchestra lanciargli un'occhiata compiaciuta, al limite dello stupore, perché quella era la prima occasione in cui sentiva la vera voce dello Stradivari; in secondo luogo sentì un'improvvisa e acuta fitta di dolore sulla fronte. Quindi Maddalena Tonelli era di nuovo lì che lo fissava! Doveva essere risoluto. Doveva respingere il suo sguardo, come un'armatura respinge la freccia. Quella sera non doveva posare gli occhi sul viso della ragazza nemmeno una volta. Era già un bel sacrificio da parte sua; inoltre, lei avrebbe dovuto essere contenta del suo proposito di lasciare infine a Verona, la città natale di Canini, lo Stradivari.

Non doveva più disturbarlo. Le avrebbe dimostrato che non poteva più sconvolgerlo e perseguitarlo come credeva. Sì, avrebbe evitato di incrociare gli occhi di Maddalena. E invece, dopo nemmeno un minuto, la stava scrutando intensamente.

La ragazza aveva le sopracciglia sollevate, la bocca semiaperta, le mani intrecciate nervosamente; con il busto ansiosamente piegato in avanti, annuì, una volta. Con tutta se stessa stava gridando chiaramente: «Lo farai? Lo farai?»

Yorke avrebbe infranto le sue speranze una volta per tutte. Scosse la testa bruscamente. Come una femmina d'aquila, disturbata nel nido dove sono i suoi piccoli, arruffa le piume gonfiandosi al doppio delle sue dimensioni, così la ragazza iniziò lentamente a crescere e a espandersi, fino a che sembrò riempire l'auditorio. Un ardore demoniaco le infiammò gli occhi socchiusi, un becco adunco e cornuto le sporse dal viso, le orecchie si appiattirono sui lati del capo e i capelli neri si rizzarono, rigidi e dentellati come gli aculei di un porcospino. Con un fruscio e una scrollata del corpo, le spuntarono grandi e spesse penne che si protendevano rabbiosamente erette; le mani, una delle quali sollevata a lato della testa, si fecero squamose e ogni dito si trasformò in un orribile artiglio; gigantesche ali le si arcuarono sulla schiena, mentre le narici emettevano un sibilo raggelante. Poi, con un grido stridulo, la figura vampiresca si lanciò come una saetta, dritta sulla testa di Herman Yorke.

L'orchestra e il pubblico videro, attoniti, il primo violino saltare in piedi in uno spasmo di paura e lo udirono strillare: «Lo farò! Lo farò! Pietà! Pietà!».

Sempre più attoniti, lo videro gettare lo strumento tra le braccia del direttore d'orchestra, poi, emettendo un urlo che era per metà un gemito, Herman Yorke cadde dritto di faccia sul pavimento. E la mattina dopo i giornali riportarono di un concerto interrotto, perché il primo violino era stato colto da un attacco.

Passarono tre mesi prima che Herman Yorke ritrovasse le forze per affrontare il viaggio a Verona. Esther Burnaby gli dimostrò un certo grado di considerazione: attese di sapere che si reggeva di nuovo in piedi, prima di mandargli un biglietto con cui rompeva il fidanzamento e gli restituiva i regali. Lui lo lesse e lo strappò in tanti piccoli pezzi che sparse sul fuoco del camino, poi lanciò il fastello dei regali in un angolo, incurante del fatto che contenesse oggetti preziosi. Non sospirò di sollievo per la ritrovata libertà.

Il volubile padrone del piccolo albergo nel quale Yorke alloggiava ogni qualvolta andava a Verona – c'era già stato cinque o sei volte in vita sua – gli diede il benvenuto con grande entusiasmo e insistette per bere un bicchiere di vino con lui. Nel bel mezzo di un fiume di parole, Yorke alzò improvvisamente la mano per zittirlo. Le note di un violino salivano danzando dalla strada, insinuandosi saltellanti nel piccolo salotto dove l'ospite e l'oste erano seduti. I due uomini rimasero in ascolto per un attimo.

«Che bravo violinista!», esclamò infine Herman Yorke. «Da dove proviene questa musica?»

«Dalla strada, sior», rispose l'albergatore.

«Dalla strada? E chi è che suona?»

«Oh, di sicuro qualche vagabondo cencioso», rispose l'oste, alzando le spalle.

«Un mendicante fortunato!», disse Yorke, più a se stesso che all'italiano; poi gli chiese: «Potete provare a farlo venire qui?»

«Senza dubbio. Con un bicchiere di vino...»

«E venticinque lire», aggiunse Yorke.

«Un bicchiere e una piccola fortuna! Cos'altro può chiedere un uomo dalla vita?», fece l'oste allontanandosi.

Cinque minuti dopo la porta del salotto si spalancò.

Herman Yorke rimase stralunato, perché sulla soglia c'era la ragazza dei concerti. Malvestita e con i tratti del viso più delineati, ma era proprio la stessa! Teneva in mano un violino e un archetto e fece all'inglese una riverenza con la grazia di una principessa. Herman Yorke si alzò in piedi.

«Ho l'onore di parlare con la signorina Maddalena Tonelli?», chiese.

«No, sior», rispose lei, sembrando sorpresa.

«Non siete la signorina Tonelli? E allora ditemi, per favore, come vi chiamate?»

«Mi chiamo Carina Canini.»

Yorke capì in un lampo. Il fantasma di Maddalena Tonelli aveva preso le sembianze della discendente in vita della defunta Carina Canini in modo che lui, Herman Yorke, potesse riconoscere all'istante la vera proprietaria dello Stradivari. Non aveva dubbi, decise però di interrogare comunque la ragazza.

«Molto tempo fa, esisteva un Canini che era un famoso musicista?»

«Era un mio antenato, sior. Mi ha lasciato il suo amore per il violino, ma purtroppo non il suo talento né il suo strumento.»

«Possedeva un violino famoso?»

«Uno Stradivari, sior, ma gli è stato rubato sul letto di morte.»

Carina Canini era seduta su una poltrona, con le dita che giocherellavano attorno a un bicchiere di vino.

«Chi non sarebbe famoso, se potesse suonare con uno Stradivari?», aggiunse.

Herman Yorke guardò la ragazza con molta più franchezza di quanta ne avesse riservata alla sua controfigura fantasma nella lontana Queen's Hall. La natura le aveva concesso forme degne di un palazzo nobiliare, ma il destino l'aveva relegata in una posizione umile. Fino a quel momento Yorke aveva temuto l'amarezza della separazione dal suo Stradivari, ma ora, mentre sedeva abbeverandosi gli occhi della bellezza di quella giovane mediterranea, si rese conto che tutto l'amaro si era tramutato in dolcezza. Gli parve di conoscerla da molti, moltissimi mesi; una sensazione non del tutto irragionevole, date le circostanze.

«Ho anch'io un violino», le disse, rompendo il lungo silenzio che era sceso. «Mi concedete di suonare per voi, giusto il tempo di finire il vostro vino?»

«Siete molto gentile, sior», replicò la ragazza con grazia.

Herman Yorke tirò fuori lo Stradivari e suonò. Suonò con tutta l'energia che aveva, con tutta l'anima, suonò come mai aveva suonato prima in vita sua, attanagliato dal timore che quella fosse l'ultima volta che poteva stringere al cuore il divino strumento. Mentre suonava, gli occhi già enormi della ragazza si facevano via via più grandi, il petto le si sollevava estasiato e lacrime di beatitudine le rigavano le guance. E, quando il giovane finì di suonare, la ragazza balzò in piedi senza indugi e in un tumulto di emozione e di entusiasmo mediterranei gli lanciò le braccia al collo e lo baciò appassionatamente.

Quando, piuttosto spaventata dal suo subitaneo impulso, si staccò da lui, Herman Yorke le porse il violino.

«Signorina, un tempo questo Stradivari apparteneva al signor Umberto Canini di Verona. Per lunghi anni ha peregrinato per lande desolate, ma gli dèi vegliavano su di esso e infine, e al momento giusto, hanno scelto me perché fosse restituito alla legittima proprietaria, Carina Canini. Ecco, signorina, riprendete ciò che è vostro e, con esso, anche questo minuscolo rotolo di pergamena.»

Herman Yorke rimase a Verona per più di sei mesi.

Qualche tempo dopo, alla Queen's Hall di Londra, si tenne nuovamente il concerto di Natale della Amateur Orchestral Society. Evento destinato a rimanere nella storia, perché vide il sensazionale debutto sul palcoscenico della signora Yorke, già signorina Carina Canini di Verona, che vi suonò con il famoso Stradivari del suo altrettanto famoso antenato. Herman Yorke occupava un posto sul palco, anche se quella sera non suonava, e durante la prima parte del concerto vagava con lo sguardo fra i volti del pubblico seduto in platea e nella prima galleria. C'era una poltrona vuota in quinta fila, e Yorke la osservava con attenzione. Suonarono una sinfonia e rimase vuota. Seguì una cantata e continuò a rimanere vuota. Ma quando sua moglie salì sul palcoscenico, al primo tocco dell'archetto sul violino la poltrona venne occupata.

C'era una ragazza, ma non la stessa del concerto precedente! Come poteva aspettarsi di rivederla, visto che era sul palcoscenico a suonare divinamente? No, sulla poltrona era seduta un'altra figura: una creaturina esile, fragile e consunta, con un viso pallido contornato da capelli dorati. Lo guardava con intensità, come lui guardava lei. Piano la ragazza dischiuse le labbra in un sorriso di infinita dolcezza e, alzatasi, gli fece un inchino profondo, come per esprimere un'incommensurabile gratitudine. Poi la vide librarsi nell'aria e salire, sempre più in alto; e, mentre saliva, i suoi occhi si chiusero e il capo le ricadde delicatamente all'indietro con un indescrivibile sollievo, e tutta la grande sala si illuminò dello splendore della sua dipartita.

Herman Yorke appoggiò i gomiti sulle ginocchia e affondò il viso tra le mani. Mormorò tra sé e sé:

«Adesso, davvero, il riposo è sceso come un balsamo sull'anima stremata di Maddalena Tonelli».

JAMES BARR

James Barr (1862-1923) era il fratello minore del più famoso Robert Barr. Nonostante la prolificità di entrambi, è però quest'ultimo a essere ricordato, tanto come fondatore ed editore della rivista «The Idler» nel 1892 che per i suoi brillanti polizieschi, che vedono come protagonista Eugene Valmont. È un atto dovuto che James esca finalmente dall'ombra del fratello e venga riconosciuto per le sue storie ingegnose e ricche di atmosfera.

Barr era nato in Canada da genitori scozzesi lì emigrati nel 1854, ma nel 1883 seguì il fratello in Inghilterra, dove divenne giornalista e scrittore. Nonostante i molti racconti che scrisse per le riviste popolari, a differenza di James non produsse granché sotto forma di libri e, anche in quel caso, il suo titolo di maggior successo, The Gods Give My Donkey Wings *(1895) – romanzo satirico su una comunità utopica in cima a una montagna –, uscì sotto lo pseudonimo di Angus Evan Abbott, nome che non era destinato a rimanere nella storia.*

Molti dei racconti di James Barr rientrano nel genere della narrativa fantastica e della fantascienza ai suoi albori. Quello che avete appena letto è del 1909.

UN SOVRANO DI RIME AMOROSE

di Guy Thorne

Mi sembra sempre che prima che venga la morte, non avrò il tempo di finire il lavoro che devo fare, anche se non ci è voluto più di un'ora per completarlo.
Montaigne

Negli anni, il pubblico aveva scoperto diversi scrittori e talentuose scrittrici; svariati nomi si erano costruiti una rispettabilità. Per molto tempo, invece, Glendinning continuò a restare lì dov'era.

Scriveva storie che le persone di cultura apprezzavano e di cui le riviste più raffinate parlavano bene, ma guadagnava pochissimo. I suoi lavori risuonavano alle orecchie dell'opinione pubblica come un tamburo che batte muto sotto una coperta. Magari il suo nome si poteva anche conoscere, ma i suoi libri erano di una noia mortale.

Abitava solo con la moglie, in un vecchio casolare di pietra in mezzo a brughiere impervie, nell'entroterra selvaggio della Cornovaglia. Avevano vissuto così per due anni, felici di una vita semplice, scandita dalle forti brezze atlantiche e dai tramonti maestosi, in compagnia di bestiole e uccellini timidi e della voce di Dio trasportata dai venti di mezzanotte.

Avevano reso graziosa la loro casa con pochi mezzi. Gertrude aveva frequentato piccoli mercatini di campagna, tenuti in fattorie usurate dalle intemperie e casolari d'altri tempi. Ecco lì una vecchia sedia sulla quale gli antichi pastori celtici si erano seduti per generazioni, sognando cose ormai dimenticate. Là un manufatto in terracotta della Cornovaglia, così antiquato e massiccio eppure così impercettibilmente bello che avrebbe potuto trattarsi di un reperto autentico, proveniente dai tumuli dei druidi sotto la dura pietra del misterioso *cromlech*, su a Carn Galva.

Per quanto fossero molto poveri, la loro era una povertà raffinata, effusa dalla grazia e dalla semplicità di ciò di cui si circondavano. E nelle sere in cui l'Atlantico ruggiva sotto di loro in lontananza col fragore dei timpani, e il vento impetuoso trasportava fiotti di schiuma fin nell'entroterra, sopra il loro tetto spiovente, seduti accanto al focolare si sentivano la coppia più felice del mondo.

Ogni alba era una gioia rinnovata, ogni mattina il devoto inizio di semplici lavori domestici e di gravoso travaglio letterario.

Poi, piuttosto all'improvviso e inaspettatamente, il pubblico londinese scoprì Glendinning. Sui giornali che contavano apparvero articoli sulle sue opere. Le persone gli scrivevano gentili lettere di ringraziamento e ammirazione, e marito e moglie videro aprirsi davanti a loro una vera carriera. A detta di entrambi, in realtà non avrebbero voluto lasciare la splendida solitudine in cui vivevano, quei paesaggi sconfinati che già di per sé erano un fiore raro, foriero di frutti di pace e tranquillità. Ma si resero anche conto del dovere che si prospettava dinanzi a loro, il dovere di approfittare dell'improvvisa alta marea primaverile; e questo perché da lì a poco sarebbe arrivato un figlio.

Accadde, successivamente, che Glendinning si trovasse impegnato a scrivere un libro per un'eminente casa editrice, per il quale gli sarebbe stata riconosciuta una grossa somma. Una piccola fortuna, in effetti. Avevano la possibilità di mettere da parte un bel gruzzolo, con tutte le splendide opportunità che ne conseguivano: entrambi convennero che la loro precedente capacità di accontentarsi di niente era semplicemente dovuta al fatto che, in passato, avevano avuto accesso a poco più che quello.

Tre mesi dopo, quando il libro era quasi pronto, li andò a trovare il loro unico amico del posto, l'unico, cioè, che potesse vantare qualche conoscenza o padronanza in tema di affari. Era il medico della zona e giudice di pace di Portalone, il piccolo villaggio di pescatori che distava cinque miglia da casa loro.

Gli raccontarono della loro buona sorte, delle nuove prospettive che si stavano aprendo e le congratulazioni della valente figura brizzolata furono cordiali e sincere.

«Eh», disse, «sapevo che questo giorno sarebbe arrivato. Tra non molto, entro un anno o due, vi avrò persi entrambi e allora non ci sarà più anima viva con cui parlare qui nell'entroterra. Però, cari fanciulli, non so esprimere quanto sia felice per voi! Quando il bimbo farà la sua comparsa, nascerà con la camicia, o forse dovrei dire con una penna stilografica placcata in oro in mano? Di sicuro farete di lui un novello Charles Dickens!»

Il buon uomo si fermò a pranzo dai Glendinning e per un'ora intrattenne vivaci discorsi filosofici con l'autore. Era sempre stato un tonico per lui incontrare Glendinning, ragionare di cose che non si possono toccare né vedere, discutere dei perché del presente e della possibilità di un aldilà. Il fatto che i due uomini avessero opinioni diametralmente opposte su quelle questioni, che solo i signori della vita e della morte in realtà possono decidere, rendeva le loro discussioni tanto più soddisfacenti e i loro incontri tanto più stimolanti nell'isolata e tranquilla quotidianità.

«La morte», disse il medico mentre andava a prendere la sua giumenta nella piccola stalla dietro il casolare, «la morte è semplicemente la cessazione di ogni comunicazione con l'ambiente circostante. Se credete a me, Glendinning, non è altro che questo. Continuiamo a vivere nella natura, ma

non c'è altro. *Dalla sua bocca una rosa rossa! / Una rosa bianca dal suo cuore!*
Ci plasmiamo interamente attraverso i sensi, ma poi quando moriamo la nostra individualità cessa di esistere.»

Glendinning si era opposto fino allo sfiancamento a quel concetto. Rifiutava di credere che l'anima dell'uomo fosse come la fiamma di una candela, che una volta spenta era completamente dissolta, ma non replicò. Mentre il medico metteva le redini alla sua giumenta, decise di soprassedere.

Gertrude invece, che era rimasta ad ascoltare il discorso senza fare commenti, intervenne, non per dissentire, ma semplicemente per dare la propria opinione.

«Da parte mia», disse, «non riesco a capire il punto di vista del signor medico. Non saprei confutarlo, ma nonostante il fascino della sua saggia esposizione, istintivamente non posso e non voglio crederci!»

«Be'», disse il dottore, già con un piede sulla staffa, «prima o poi conosceremo tutti la verità, miei cari.»

E con ciò salì in sella, si infilò i guanti in pelle di cane rossi e dopo un cordiale saluto di congedo si avviò al piccolo galoppo nella brughiera, verso Portalone.

Rimasero a guardarlo fino a che non divenne una sagoma scura sull'orizzonte, poi, tenendosi a braccetto, si incamminarono lungo un sentiero tra l'erica, verso una fattoria a due miglia di distanza.

Glendinning cominciò a parlare alla moglie di affari.

«Naturalmente io non ho nessuna assicurazione», disse. «Non abbiamo mai potuto permetterci di pagarne il premio. Ma ora sarò in grado di mettere da parte cento o duecento sterline per te, nel caso dovesse capitare qualcosa.»

«Non parlare di queste cose orribili, caro», fece lei mezza ridendo, ma con un'apprensione meditabonda negli occhi gentili.

Continuarono a camminare verso la fattoria. Dopo un miglio incontrarono un bracciante che arrancava sul sentiero; li salutò e si fermò a fare quattro chiacchiere.

«Non avvicinatevi troppo alla cittadina di Trevarrick, miei cari», li avvisò, «dicono che il toro del signor Trewella stia cominciando a fare un po' di bizze.»

I due gli sorrisero e proseguirono verso la tenuta, assorti nelle loro questioni.

Soltanto quattro ore dopo essersene andato tutto allegro, il medico era di nuovo da loro, in piedi accanto al letto dove giaceva Glendinning, con un'espressione ferma sul volto pallido. Erano buoni amici da troppi anni per non dire loro la verità in quel momento. Non aveva mai imparato a raccontare quelle bugie garbate e appropriate con cui i colleghi meno bruschi di lui sapevano mitigare l'imminenza della morte. L'inclemenza della vita di brughiera gli era entrata nel sangue: riteneva che la delicatezza e le mezze verità fossero una preparazione crudele alla tomba. Perciò disse loro, in modo piuttosto diretto, che entro un'ora o due Glendinning sarebbe spirato.

La bestia infuriata, col suo grosso collo muscoloso e la testa simile a un ariete da battaglia, aveva fatto troppo bene il proprio lavoro.

Glendinning non provava dolore – non avrebbe mai più provato dolore fisico –, ma la morte incombeva, e la vita se ne stava andando, come un fuoco prossimo a estinguersi.

«Devo restare, Glendinning?», chiese il medico.

«Meglio di no, vecchio mio», rispose Glendinning. «Preferirei rimanere solo con Gertrude, se non vi spiace.»

Il medico, che sul letto di morte ne aveva già visti tanti, prese la mano dell'amico, ancora calda, pulsante e illesa. Se la portò alle labbra e poi, a capo chino, si voltò per andarsene.

«Tornerò, fanciulla», sussurrò a Gertrude, e la lasciò sola con il marito.

Glendinning non riuscì a mantenere a lungo il controllo delle sue emozioni. Iniziò a singhiozzare a dirotto, rammaricandosi di non aver terminato *Un sovrano di rime amorose.* Le sue ultime parole furono: «Capisci, mia cara, se solo lo avessi finito, adesso... adesso avresti qualcosa con cui tirare avanti... mancano solo cinquemila parole... solo cinquemi...» E dopo qualche tremore rimase immobile, respirando affannosamente fino a che la sua vita si spense.

Il vento di mezzanotte aveva ululato così spesso sopra il casolare, e Gertrude e suo marito vi avevano dato così tante interpretazioni – fantastiche, romantiche, sacre persino – che in quel momento, nonostante Cyril giacesse defunto in camera da letto, non le faceva alcuna impressione particolare.

Il medico era tornato. Le donne della fattoria – tutte corniche di buon cuore, che volevano mostrare la loro vicinanza – erano spuntate sulla brughiera e si erano radunate attorno e dentro la casa, come tante cornacchie.

Quella era la sensazione di Gertrude, che voleva solamente essere lasciata sola con l'adorato marito.

Persino allora, sulla panca della cucina c'era la moglie di un fattore che russava. Ma Gertrude era sola, sola nello studio di Cyril, con soltanto un tramezzo di legno che la separava dalla loro camera, dove egli giaceva immobile e cereo.

Era ancora troppo presto perché lei potesse accettare la grazia benefica, la somma consolazione, il conforto che il Signore riversa nei cuori feriti. Era ancora frastornata, e dal Paradiso non le era ancora arrivata alcuna voce.

Aveva acceso la lampada del gradevole studio, che illuminava le foto di Cyril, i suoi libri e tutte le carte sul grande tavolo che usava per scrivere.

Oh, come sembrava tutto ben sistemato, organizzato, confortevole, com'era *giusto* che fosse!

C'era la macchina da scrivere, che rifletteva la luce della lampada in tutte le sue lustre superfici in lacca nera e acciaio, e accanto a essa la pila ordinata dei fogli del manoscritto, la «copia» finale ma incompleta di *Un sovrano di rime amorose.*

Tutto l'insieme la ipnotizzava e, mentre osservava, la forte tensione dell'ultima ora si fece sentire. Cadde in uno stato di semi-trance, di spossatezza totale.

Come in un sogno ritornarono quelle parole: «*Capisci, mia cara, se solo lo avessi finito, adesso... adesso avresti qualcosa con cui tirare avanti... mancano solo cinquemila parole... solo cinquemi...*» Si ridestò con un sussulto e si raddrizzò, rigida, sulla sedia, mentre un ticchettio metallico riempiva la stanzetta.

Con dita tremanti si strofinò gli occhi, perché le era parso di vedere qualcosa di inspiegabile sul tavolo coperto da un telo verde dove si trovava la macchina da scrivere. Era come se i tasti venissero premuti dalla battitura veloce di una mano esperta. Il carrello sembrava avanzare rapidamente verso l'imminente tintinnio del fine corsa... Si sentì il tintinnio e il carrello fu spinto indietro producendo il suo rumore gracchiante, seguito dall'improvviso clangore dell'impatto contro il cuscinetto di nickel quando arrivò in fondo. Poi, di nuovo, i tasti smaltati ricominciarono a danzare brillando sotto la luce della lampada.

No! Non era immaginazione. *Stava veramente succedendo.*

Rigida come un cadavere, Gertrude si avvicinò al tavolo con passo felpato.

Quando si fermò, il carrello venne sollevato e il rumore dei tasti cessò. Era esattamente come se un invisibile dattilografo stesse controllando l'ultima frase apparsa sul cilindro. Il carrello ricadde sul foglio con decisione. Ancora una volta, i tasti iniziarono a correre e i martelli a colpire il nastro.

Poi si sentì lo stridio delle ruote dentate. Il foglio riempito salì per aria, come se fosse tenuto da una mano. Rimase sospeso per un istante e poi si posò ordinatamente sul corposo malloppo del manoscritto, quasi terminato, di *Un sovrano di rime amorose.*

Gertrude tornò a sedersi barcollando. Aveva capito.

Non poteva comprendere come fosse possibile, ma sapeva che una forza soprannaturale si era messa in opera. Si rese conto che *Un sovrano di rime amorose* veniva completato non per il bene dell'arte, ma per lei.

Il ticchettio continuava incessante. Il movimento meccanico che posizionava, riempiva e toglieva i fogli non si fermò.

Lei si allontanò a passo felpato dalla macchina, tenendosi al muro fino ad arrivare alla porta dello studio, la aprì e, saltando dall'altra parte del pianerottolo in cima alle scale, entrò di schianto in camera.

Le candele attorno al letto ardevano fredde e immobili. L' involucro che era stato Cyril giaceva cereo e sorridente.

Nulla era cambiato.

Si precipitò di nuovo nello studio. La macchina da scrivere procedeva implacabile nel completamento del lavoro.

Alla fine comprese che, da una qualche altra dimensione, suo marito stava scrivendo le ultime righe del libro per lei... per *lei.*

I signori della vita e della morte gli avevano concesso questa piccola grazia.

Si avvicinò sempre di più all'aggeggio che continuava a ticchettare e a girare rumorosamente e, arrivata a poco meno di un metro, si fermò a contemplare il mistero – tanto stupendo per come si manifestava e tanto banale per i mezzi di cui si avvaleva – che proseguiva incessante nella notte.

Il vento gemeva attorno alla casa; il cadavere giaceva immobile nell'altra camera. E, mentre restava a guardare e ad ascoltare, la consapevolezza delle venerabili forze al lavoro per lei le si riversò nel cuore come un balsamo.

Rimase in osservazione. Vide le ultime righe dell'opera rilucere ardenti, righe meravigliose sulla carta di lino di produzione americana. Poi, trattenendo il fiato sopraffatta dall'amore, dalla gratitudine e da un'indescrivibile paura, vide il carrello alzarsi un'ultima volta e comparire, a lettere maiuscole, la parola *FINIS* scritta in color porpora.

Il forte ticchettio si interruppe all'improvviso.

Sul casolare scese un silenzio greve, silenzio che quel vento terribile amplificava e non riusciva a rompere.

Gertrude si alzò. Sollevò gli occhi al cielo e invocò l'anima di Cyril.

«Cyril», gridò, «Cyril», ripeté, «ascoltami prima di andartene! Mandami un ultimo messaggio… oh, mio caro, hai finito il libro, dimmi *da dove* lo hai fatto… amore… amore mio carissimo… una parola, una sola parola ancora…»

Ma la macchina da scrivere rimase muta e immobile. Quel sentimento così forte da squarciare innumerevoli veli per aiutare la donna che ne era oggetto, non era autorizzato a rivelare alla tapina *perché* lo aveva fatto, e da quale luogo, vicino o lontano, aveva inviato il suo ultimo messaggio.

Possiamo arrivare molto vicini a quello spesso velo, e pensare che i signori della vita e della morte siano gentili e alcune cose ce le rivelino, ma è solo il Signore a sapere quando è tempo e luogo di agire, mentre a noi non è consentito di comprendere.

Non ce lo siamo ancora meritati.

Questo l'insegnamento che apprese Gertrude.

La lasciò speranzosa nell'attesa di ricevere un giorno la spiegazione di tutto e di ritrovare Cyril.

Il libro ebbe un grande successo ma molti critici, nella loro saggezza, furono concordi su un punto.

Sebbene gli ultimi due capitoli fossero scritti bene, dissero, l'autore sembrava aver tentato di raggiungere note troppo alte, che non era stato del tutto in grado di tenere.

GUY THORNE

Uno dei libri più controversi e di maggiore successo dell'inverno 1903-1904 fu un thriller, che ricorda molto lo stile de Il codice Da Vinci, *scritto però un secolo prima. Narra del tentativo di screditare il cristianesimo ricreando un mondo antico in cui viene «dimostrato» che la resurrezione di Cristo non sarebbe mai avvenuta, e poi prende in considerazione l'impatto che ciò avrebbe avuto sulla nostra civiltà. Non era tuttavia a firma di uno dei maggiori scrittori che si potrebbero facilmente desumere, quali Hall Caine, R.H. Benson o M.P. Shiel. Il libro era* When It Was Dark *di Cyril Ranger Gull (1876-1923), non certo un nome particolarmente celebre. Venne pubblicato sotto il più noto pseudonimo di Guy Thorne ma, di nuovo, a meno che non si ami addentrarsi negli antichi mondi della fantascienza e del soprannaturale, neanche questo è un nome granché riconoscibile. Eppure Gull fu una delle firme dell'assurdo più prolifiche e rispettate dei suoi tempi, conosciuto per il notevole acume, la conversazione brillante e la costante propensione a incoraggiare i colleghi.*

Una foto di Thorne su «The London Magazine»del 1905 ci mostra un uomo di altezza media e piuttosto corpulento, che, con i suoi baffi impomatati e la riga nel mezzo, avrebbe quasi potuto ispirare la figura di Hercule Poirot. Ahimé, né la fama di Thorne né quella di Gull durarono a lungo, benché David Wilkinson le reputasse sufficienti per redigerne la biografia in Guy Thorne: C. Ranger Gull: Edwardian Tabloid Novelist and His Unseemly Brotherhood *(2012), riportando alla luce una vita tanto tragica quanto sensazionale.*

Molti dei romanzi di Gull – e ne scrisse più di ottanta in soli venticinque anni – sono disponibili come ebook o come volumi stampabili su richiesta, mentre dei suoi racconti brevi c'è scarsa traccia. Un sovrano di rime amorose *mostra come l'autore sapesse anche essere indicibilmente tenero.*

FANTASMI

di Lumley Deakin

I

È un luogo comune dire che una metà del mondo non sa come vive l'altra metà. Di certo la metà che conosceva Grimshaw di sera non era minimamente interessata a quella che lo conosceva di giorno. La doppia personalità è un fenomeno affascinante, ed è molto più diffusa di quanto credano i profani. Grimshaw interpretava due ruoli, ciascuno dei quali gli veniva perfettamente naturale. L'alta società lo considerava lo scapolo d'oro del proprio ambiente. Non poteva essere definito bello, ma i suoi lineamenti erano abbastanza marcati da renderlo estremamente attraente. Inoltre, era il benefattore più generoso che si fosse presentato negli ultimi dieci anni. Non esisteva un solo istituto di beneficenza nel West End che non lo vedesse come un padrino favoloso. Le sue donazioni erano cospicue e frequenti e, cosa particolarmente gradita, era estremamente modesto nella sua generosità. Di norma, i suoi assegni arrivavano unitamente alla richiesta di anonimato. In un certo senso, tale modestia era il modo migliore per guadagnarsi un riconoscimento, perché è il denaro silenzioso quello che parla di più, e le voci sulla sua benevolenza erano sempre tra le labbra di chi passava da un ricevimento all'altro per tutta la durata della *season*. Molte domande si ponevano sulla fonte delle ricchezze di Grimshaw, ma i rappresentanti dell'alta società non appresero mai la verità, perché l'astuzia che le rendeva possibili era la stessa che metteva a quegli sconsiderati la benda sugli occhi.

Cyrus Sabinette fece conoscenza con Grimshaw in casa di Lady Recker. Furono presentati l'un l'altro come «i due uomini del momento a Londra». Grimshaw, imponente e piuttosto robusto, rivolse uno sguardo indagatore alla figura alta e snella di Sabinette prima di dargli la mano, e quest'ultimo ricambiò coi grandi occhi scuri, solo con un po' meno insolenza. Nessuno dei presenti sentì le parole che si scambiarono inizialmente, ma con grande sorpresa di chi considerava Grimshaw un uomo schivo, al limite dell'asociale, dopo un'ora che si conoscevano i due sembravano già amiconi. Sabinette aveva uno spirito arguto e seppe guadagnarsi la fiducia di Grimshaw con estrema facilità. Quest'ultimo confessò, mentre prendeva congedo dalla padrona di casa, di non aver mai incontrato un personaggio tanto gradevole e la pregò, se teneva a lui, di facilitare un loro rapporto più stretto.

Grimshaw viveva sulla riva sud del fiume. La sua casa era un edificio imponente, situato su un terreno discretamente alberato. Se è vero che i suoi gusti erano semplici, quantomeno erano artistici, e, nonostante avesse pochi domestici, disponeva di tutto ciò che qualsiasi scapolo libertino poteva desiderare. Quella sera rientrò ripensando piacevolmente all'arguzia di Sabinette. Mentre era in taxi, scoppiava a ridere frequentemente ricordando le battute pronunciate da quell'uomo alto, tenebroso e sardonico. Mandò a letto il maggiordomo che cascava dal sonno e si concesse un ultimo sigaro nello studio.

Mezz'ora dopo, si udì un rumore di ghiaia che colpiva la finestra. Andò subito alla porta, prendendo però una pistola da un armadietto dello studio.

Sulla soglia c'era Cyrus Sabinette. Prima che Grimshaw avesse il tempo di riprendersi dalla sorpresa, il nuovo sodale gli spiegò il motivo della sua improvvisa comparsa.

«Sono ospite di amici in questo quartiere», disse, «e Lady Recker ha avuto la cortesia di informarmi delle gentili osservazioni che avete fatto su di me prima di andarvene. Questa è un'ora in cui la maggior parte delle persone diventa noiosa, e mi è venuto in mente...»

«Proprio così!», esclamò Grimshaw. «Prego, accomodatevi. Stavo pensando a quella storia che avete raccontato nel fumoir, da Lady Recker, e sarei felice di concedervi una mezz'oretta prima di ritirarmi.»

Sabinette lo seguì nello studio e scelse grato un sigaro dalla scatola che gli fu porta.

«Be'», disse, sistemandosi su una poltrona, «chiamatemi opportunista, ma mi chiedo se riconoscete che stasera vi ho fatto trascorrere un'ora piacevole.»

«Non ho mai riso tanto in vita mia», convenne Grimshaw.

Sabinette sorrise compiaciuto.

«Mi pare di aver capito», disse lentamente, «che la vostra vita non brilla per vivacità.»

Immediatamente, Grimshaw si accigliò.

«Non mi sembra di essermi mai lamentato», replicò con una certa cautela.

Sabinette fece un gesto espressivo. «Se mi è concesso dirlo», osservò, «essere celibi alla vostra età è una prova quasi certa di... diciamo, qualche delusione?»

«Non siete più neanche lontanamente spiritoso come lo eravate un'ora fa», commentò Grimshaw.

«Bisogna che vi porga subito le mie scuse. Sono venuto per sottoporvi un mio vivo desiderio, sarebbe una vera follia se adesso suscitassi il vostro disappunto.»

«Un vivo desiderio?»

«Sì, vi chiederei una lettera di presentazione.»

«A chi?»

«A un uomo che, a quanto mi dicono, è il più astuto genio degli affari di tutta Londra: Abraham Heischmann.»

Grimshaw si accigliò ancor più.

«Mi lasciate perplesso», disse.

«Strano», mormorò Sabinette. «Ero sicuro che fosse un vostro amico.»

«Chi è, e cosa fa?»

«Il signor Heischmann è un grande imprenditore nel settore tessile.»

«So ben poco sugli uomini di affari», disse Grimshaw con l'aria assonnata.

«Si dice che faccia soldi a palate grazie a un'accurata selezione della sua manodopera.»

«Davvero?»

«È così abile nel manipolare coloro che si rivolgono alla sua azienda, da ottenere corsie preferenziali col governo per la fornitura di abbigliamento ufficiale.»

«Avete lasciato la porta aperta. Vi spiace chiuderla?»

«Certo», disse Sabinette alzandosi dalla poltrona.

«Dall'esterno», aggiunse Grimshaw, al che Sabinette riprese il suo posto.

«Mio caro amico», disse, agitando il sigaro tra le dita, «non siete affatto un attore così bravo come volevano farmi credere quelli dell'alta società.»

Grimshaw si era alzato in piedi e aveva assunto un'aria minacciosa.

«Naturalmente sapevo che Henry Grimshaw e Abraham Heischmann sono la stessa persona.» Sabinette emise con calma una nuvoletta di fumo. «E, non navigando nell'oro…»

«Avete pensato di venire qui a ricattarmi?»

«Signore!» Sabinette abbassò gli occhi. «Io non ricatto mai nessuno. In verità, è stato il vostro doppio ruolo a destare il mio interesse. Quando ho appreso che il filantropo dal cuore grande, Henry Grimshaw, praticamente adorato da ogni madre lungimirante dell'alta società, Henry Grimshaw, che si dice abbia speso la bellezza di diecimila sterline per dare un ballo in questa stessa casa nella quale siamo seduti... quando ho appreso che durante il giorno Henry Grimshaw era l'avido Heischmann, mi sono detto: *Finalmente qualcosa che ti impedirà di morire di noia.* Parlate di ricatto. Puah! Non soffro fino a questo punto per l'indigenza. Sono venuto per manifestarvi la mia ammirazione e anche... per sondare la possibilità che voleste avvalervi dei miei servigi».

«Lo immaginavo», disse Grimshaw sogghignando.

«I miei servigi varrebbero i soldi che paghereste. Lasciatemi lavorare con voi, come segretario, come responsabile, quello che volete.»

Grimshaw non era più accigliato e aveva assunto un'espressione spaventata.

«Perché dovrei?», chiese timidamente.

«Perché voi e io, lavorando insieme, potremmo ottenere moltissimo... Ritenete di poter trarre un bel beneficio dall'eventuale stipula di quel contratto tedesco?»

«Da chi l'avete saputo?»

«Non ha importanza. Avete proposto un prezzo che vi lascia solo un piccolo margine ma, ammesso che troviate della manodopera a un costo sufficientemente basso, ci guadagnerete non meno di ventimila sterline... cioè, sempre che la vostra offerta venga accettata.»

«Lo sarà», disse Grimshaw, concitato.

«Intendete dire che nessuno ha il coraggio di proporre un prezzo inferiore? Certo, gli altri non sono in grado di acquisire manodopera così a buon mercato.»

«E se vi dicessi che è proprio così?»

«Fareste meglio a non esserne troppo sicuro», replicò Sabinette. «Di fatto, la vostra non è l'offerta più bassa. Si dà il caso che io lo sappia per certo. Sono in condizione di potervi passare informazioni riservate. Posso anche darvi dei nomi, se li volete.»

«Dove prendete queste informazioni?»

«Mi arrivano», rispose Sabinette. «Non sono mai io che le vado a cercare.» Scarabocchiò alcuni numeri sul retro di una busta, che porse poi a Grimshaw. «Questo è l'ammontare della vostra offerta», disse con un sorriso. «Non è il caso di andare su tutte le furie e cominciare ad accusare i vostri impiegati.»

Grimshaw era sbalordito. Sapeva di non poter accusare nessuno dei suoi impiegati di infedeltà perché era stato lui, in prima persona, a elaborare il preventivo; e della somma non era – almeno così credeva – al corrente nessuno.

«Vi ammiro, sapete», proseguì Sabinette, davanti al volto adombrato dell'altro. «Non siete cattivo, in fondo. E non siete un ipocrita, anche se spendete migliaia di sterline nel West End facendo pagare l'East End. In un certo senso, siete una bizzarria. Persino l'ultimo degli psicologi vi troverebbe interessante. Non sono sicuro che vi rendiate conto dell'ambivalenza della vostra natura. Vi osservavo questa sera, da Lady Recker, e mi era molto difficile credere che, in realtà, foste Abraham Heischmann. Avevate modi così educati, esercitavate un tale fascino sulle signore, eravate così... così inglese nel portamento. Ma vi ho sentito borbottare mentre eravate seduto da solo nel giardino d'inverno. Parlavate polacco. Una lingua che conosco.»

Grimshaw era impallidito. Fisicamente era due volte il suo antagonista, ma gli affondi di Sabinette lo avevano indebolito. Aveva perso tutta la sua faccia tosta. Alla fine riuscì a balbettare: «Supponiamo vi dica che avete ragione... poi cosa succede? Cosa volete che faccia?»

Sabinette scosse leggermente la punta del suo sigaro in un posacenere e rivolse all'uomo uno sguardo fermo, prima di rispondere.

«Cosa voglio che facciate? Non so se voglio che facciate qualcosa, salvo confidarvi un po' di più con me. Sono un uomo relativamente privo di amicizie e voi mi interessate immensamente. I tipi noiosi che abbiamo incontrato stasera mi riempiono di disgusto per il genere umano. L'altra vostra vita – quella giù nell'East End – mi ha intrigato, per via del netto contrasto con quella che vivete nel West End. Non lavoro solo allo scopo di guadagnare. Penso di avervi già detto un attimo fa che non ho particolare necessità di soldi, mentre sono sempre alla ricerca di qualche novità eccentrica.

Oltretutto, se avete la febbre dell'avidità, potrei fare tanto per voi. Ho amici molto influenti negli ambienti da cui traete i mezzi per il vostro... possiamo dire mecenatismo? Quando posso venirvi a trovare nella vostra fabbrica?»

Grimshaw attinse a un fugace attimo di coraggio.

«Mi sta bene», disse, «per aver permesso al sentimento di prevalere sulla ragione facendomi attrarre da voi. Lady Recker mi aveva lasciato intendere che eravate una specie di genio, in un certo senso. Invece scopro che non siete altro che un volgare ricattatore. Quella è la porta. Fuori di qui.»

Sabinette uscì senza dire una parola. Grimshaw non lo accompagnò alla porta e non la sentì richiudersi, ma sapeva che se n'era andato.

La mattina dopo arrivò in fabbrica un'ora prima del solito. Non aveva dormito molto durante la notte, perché l'apparente preveggenza di Sabinette lo aveva preoccupato non poco. Mandò a chiamare il suo caporeparto, un polacco dalla fronte bassa e l'aspetto malvagio, per chiedergli il rapporto del precedente giorno lavorativo. Gli diede un'occhiata e, arricciando le labbra sprezzante, scrisse qualcosa in polacco su un pezzo di carta.

Il caporeparto in attesa emise un lamento quasi di dolore quando lo lesse. Grimshaw sembrò godere della disperata sofferenza dell'uomo.

«Ho ragione di credere, Kravinski», gli disse, «che da qualche tempo tu mi tradisca, vendendo i miei segreti alla concorrenza. E questo dopo tutto ciò che ho fatto per te. Benissimo. La polizia inglese sarà contenta di sapere che entro un'ora potrà mettere le mani su un anarchico ricercato.»

Kravinski gemette come se lo avessero frustato e cadendo sulle ginocchia implorò Grimshaw di dargli un'altra possibilità, giurando di non aver mai tradito la sua fiducia, nemmeno per un istante. Grimshaw iniziò ad aprire la corrispondenza davanti a lui. Arrivò a una lettera da parte del dipartimento militare tedesco. Sapeva già fin da prima di aprire la busta che il contratto di fornitura che aveva dato per certo era stato assegnato a qualcun altro.

«Leggi questo!», ordinò a Kravinski. «E poi dimmi se non mi hai tradito. Abbiamo perso la gara per la fornitura. L'ha vinta un miserabile polacco del tuo paese, perché ha fatto un'offerta di pochissimo inferiore alla mia. Qualcuno deve averlo informato. Se non sei stato tu sarà stata quella tua sorella, che mi sono preso la briga di salvare dalla polizia di Varsavia. Non mi sono mai fidato completamente di te, Kravinski, ma c'era un motivo se ti ho dato una determinata posizione.»

Il povero disgraziato aveva smesso di piagnucolare. Teneva gli occhi fissi sul tagliacarte in acciaio accanto al gomito sinistro di Grimshaw. Come intuendo cosa stava passando nella mente del polacco, egli spostò la potenziale arma a distanza di sicurezza. Con lo stesso movimento premette il pulsante di un campanello. Una figura in abiti civili che era rimasta in attesa, a seguito del messaggio telefonico ricevuto da Grimshaw prima di uscire di casa, sbucò da dietro un paravento.

«Ecco il vostro uomo», disse calmo l'imprenditore. «Karl Kravinski, ricercato dalla polizia di tre Paesi. Vi fornirò dettagli sui suoi trascorsi dopo che lo avrete messo sotto chiave.»

Ci fu un'aspra lotta, ma Kravinski non era abbastanza forte per opporre una strenua resistenza. Mentre le sue grida echeggiavano ancora dal corridoio che conduceva all'ufficio, Grimshaw riprese con calma l'apertura della posta del mattino.

«Prima o poi», disse tra sé e sé con un sorriso, «questi parassiti cominceranno a capirmi.»

Poi mandò a chiamare Yoli, la sorella di Kravinski. Era una donna meravigliosamente bella, di una bellezza che il suo abito trasandato non faceva che accentuare. Aveva il viso minuto e la pelle candida, e nei suoi grandi occhi si leggeva una spiccata intelligenza e un velo di dolore. Per età, non poteva avere più di ventidue anni, ma per conoscenza del mondo e dei suoi meccanismi, era come una cinquantenne. La ragazza, che Grimshaw aveva detto di aver salvato dalla polizia di Varsavia, aveva risvegliato i suoi istinti più animaleschi, la prima volta che aveva posato gli occhi su di lei. Era solo una delle centinaia e centinaia di donne che lavoravano nella fabbrica, ma spiccava prepotentemente tra le altre.

«Mi avete mandata a chiamare, signor Heischmann?» Parlava senza l'ombra di un accento e lo osservava attentamente, come se volesse leggergli nella mente.

«Siediti, Yoli», le disse cortese, ma lei scosse la testa e rimase in piedi.

«Diventi ogni giorno più caparbia, Yoli. Perché?»

La ragazza non rispose.

«Con tutto quello che ho fatto per te! Non riesco proprio a capire.»

Con la teatralità tipica dei popoli slavi, lei trasse da sotto lo scialle cinque sterline d'oro, e le piazzò sulla scrivania davanti a lui.

«Questi sono i soldi per il mio riscatto dalla schiavitù, signor Heischmann», disse, assumendo un atteggiamento di sfida. «È quanto avete pagato per me. Prendeteli, poi potrò essere in grado di rispondere liberamente a qualsiasi domanda mi vorrete porre. Siete stato voi a provvedere alle cinque sterline che l'ufficio immigrazione richiedeva. Per cinque sterline mi avete comprata, anima e corpo, così come avete comprato tutti gli altri poveri disgraziati che sono qui nella vostra fabbrica.»

«Scordiamoci di tutto questo per un minuto, Yoli», fece lui, in tono persuasivo. «Ho qualcosa di importante da dirti.»

«Vi ascolto, signor Heischmann.»

«Avvicinati un po' di più.»

«Vi ascolterò da qui.»

L'imprenditore si appoggiò allo schienale della poltrona e le rivolse uno sguardo attento.

«Dimmi, Yoli», esordì, «hai mai conosciuto un tale Sabinette, Cyrus Sabinette?»

La ragazza scosse la testa.

«Ne sei proprio sicura?»

«Perché dovrei venirvi a raccontare chi ho conosciuto e chi non ho conosciuto? Sono vostra schiava solo dentro questa fabbrica, non fuori.»

«Proviamo a metterla in un altro modo. Quando ti ha parlato, tuo fratello, della gara di fornitura tedesca a cui questa ditta stava partecipando?»

«Non vedo mio fratello da ieri.»

«Be', deve avertene parlato prima allora, se mai lo ha fatto. Ma la tua risposta può essere ritenuta sufficiente. Da parte mia posso garantire che non rivedrai più tuo fratello per molto tempo. L'ho consegnato alla polizia.»

La giovane cercò con le mani il bordo della scrivania per appoggiarsi, sbattendo ripetutamente le palpebre come se non potesse credere ai propri occhi e alle proprie orecchie.

«In Inghilterra sono molto sbrigativi con gli anarchici», proseguì Grimshaw. «Fanno loro un processo sommario, poi in genere li impiccano. Ora, Yoli, dimmi la verità sulla fornitura tedesca.»

Lei cadde in ginocchio aggrappandosi con le mani alla scrivania, giurò e spergiurò di non sapere niente di nessuna fornitura, supplicandolo a nome del fratello. Karl era stato come un padre per lei. L'unico parente che aveva al mondo.

Grimshaw ascoltò le sue suppliche, poi batté sulla scrivania per richiamare la sua attenzione.

«Se mi dirai tutto ciò che sai di quest'uomo, Sabinette», le disse, «farò del mio meglio per dare a tuo fratello un'altra possibilità.»

Lei asserì ripetutamente di non conoscere Sabinette, al che lui la colpì sulla guancia con un giornale arrotolato e, infuriato, le ordinò di tornarsene al laboratorio.

Per tutta la giornata, Grimshaw rese la vita grama ai suoi poveri operai madidi di sudore. Ai suoi occhi non erano che bestie da soma, comprate con moneta sonante, tenute al solo scopo di trarne profitto. Ciascuno di loro era stato selezionato accuratamente e tutti avevano un passato alle proprie spalle. Una spada di Damocle che pendeva loro sulla testa. Erano tutti profughi, gente che cercava di sottrarsi alla giustizia, uomini e donne approdati in quel paese per trovarvi rifugio e i cui nomi erano stati inviati anticipatamente a Grimshaw dai suoi molti agenti sul continente. Era un perfetto sistema schiavista ideato dalla sua mente diabolica, e il prezzo di ciascuno schiavo era di cinque sterline, che venivano consegnate loro prima dello sbarco per poter superare l'ostacolo delle autorità per l'immigrazione e poi decurtate dai magri salari. La maggior parte di loro non era in grado di restituire il denaro. Era lui a occuparsi personalmente della questione. Fino all'estinzione del debito erano schiavi miserabili, ma anche dopo rimaneva sempre la paura delle autorità.

Alla fine della giornata, Grimshaw tornò alla sua dimora sulla riva sud del fiume e si sfilò la pelle di lupo preparandosi ad accogliere il bel mondo del West End, pronto a rendere omaggio allo scapolo d'oro.

Tra due giorni avrebbe ospitato una festa nel suo giardino, con balli al chiaro di luna e tutto il resto. Le conferme di partecipazione erano impilate sul tavolo dell'atrio e lui e il maggiordomo le passarono in rassegna prima di cena. La passione per i dettagli era una delle caratteristiche del personaggio e, prima di lasciare casa per recarsi al club quella sera, ricontrollò i preparativi per la festa in giardino. Tutto era in perfetto ordine: si diresse nel West End con l'aria dell'uomo soddisfatto, perché sa che è stato fatto un ottimo lavoro e di conseguenza ogni cosa riuscirà bene.

Più o meno alla stessa ora in cui Henry Grimshaw ciondolava su una poltrona del club discutendo di una questione politica con un colonnello effeminato, Yoli Kravinski era inginocchiata sul nudo pavimento con le mani giunte e i capelli neri sciolti sulle spalle. Era un caseggiato squallido, quello in cui lei e suo fratello vivevano da dodici mesi. Le due stanze a loro affittate erano quasi prive di mobilio. Le finestre, che affacciavano su un cortile povero come tutto ciò che lo circondava, erano coperte di sporcizia; il pianto di un bambino affamato e trascurato si mescolava alle sue preghiere per il fratello. Era ancora inginocchiata quando una mano bianca le si posò sulla spalla e la voce più dolce che avesse mai sentito le chiese: «Siete la sorella di Karl Kravinski?»

Yoli gridò di spavento e si rialzò incespicando.

«Come avete fatto a entrare?», chiese con un sussurro terrorizzato.

«Come, mia cara bambina? Ma attraverso la porta. Mi chiamo Sabinette, Cyrus Sabinette. Avete già sentito parlare di me?»

«No», balbettò lei, e poi: «Sì».

«Il signor Heischmann vi ha parlato di me?»

La ragazza annuì.

«Eh, già», disse Sabinette. «È tramite lui che sono venuto a sapere di voi e di vostro fratello. È stato arrestato, vero? Heischmann mi ha detto che con tutta probabilità sarebbe stato estradato.»

Yoli gli afferrò un braccio.

«Salvatemelo!», lo scongiurò. «Potete? Potete fare qualcosa? È l'unica persona cara che ho. Siamo soli al mondo, io e lui.»

«Sono venuto qui per parlare del signor Heischmann», disse Sabinette, apparentemente ignorandone l'espressione sofferente. «Mi ha riferito che siete molto affezionata a lui.»

«A mio fratello? Sì, certo.»

«No, proprio a Heischmann.»

La ragazza rabbrividì, come se un vento gelido avesse attraversato la stanza.

«Io lo odio!», esclamò, e lo ripeté tre o quattro volte. «Manderanno mio fratello ai lavori forzati se verrà estradato, e non tornerà mai più... Ahh! Mi aiuterete? Avete occhi così buoni, una voce così gentile... Siete uno che capisce.»

«So per certo che verrà mandato ai lavori forzati», disse Sabinette. «Guardi qui...» E tirò fuori dalla tasca un documento blu. «Questa è una copia della deposizione giurata di Heischmann alla polizia. Fornisce l'elenco dei crimini commessi da Karl Kravinski. Senza dubbio gran parte sono frutto dell'immaginazione del signor Heischmann, ma crederanno più a lui che a vostro fratello.»

«Salvatelo!», lo scongiurò di nuovo lei.

Lui le prese i polsi, con i grandi occhi che brillavano nel grigiore della stanza.

«Perché dovrei salvare vostro fratello?», chiese.

Lei gli andò più vicino.

«Non fatelo per lui... ma per me.»

Lui sorrise, compiaciuto, e staccandole una mano dai polsi le carezzò teneramente la chioma nera.

«Siete una bellissima ragazza, Yoli», sussurrò. «Ipotizziamo che lo salvi, cosa fareste per me?»

«Qualsiasi cosa!», esclamò lei con gli occhi che brillavano.

«Qualsiasi cosa?», le fece eco lui. «È un po' troppo generico. Ora, Yoli, supponendo che sia troppo tardi – come temo – per aiutare vostro fratello, cosa fareste in tal caso?»

La ragazza indietreggiò allontanandosi da lui, e rimase in silenzio per un attimo.

«Ucciderei Heischmann», disse poi, «senza curarmi di quello che mi potrebbe succedere.» Gli voltò le spalle, e da come si contrassero Sabinette capì che stava rimuginando sull'eventualità di perdere Karl. Le si avvicinò e le posò affettuosamente una mano sul braccio.

«Mia cara fanciulla», le disse con dolcezza, «sono terribilmente dispiaciuto per voi, perché… è già successo qualcosa.»

Yoli si voltò rapida e lo guardò dritto in faccia.

«Ditemi!»

«Siete forte abbastanza da sopportarlo?»

Lei annuì, e le sue guance persero un po' di colore.

«Leggete qui», disse lui, e le porse un giornale.

Karl Kravinski, alcune ore dopo essere stato arrestato, si era tolto la vita in cella.

La giovane lesse il trafiletto lentamente. Anziché le lacrime che Sabinette si sarebbe aspettato, le uscì una risata isterica. Poi disse: «Bene, allora… bene», lasciando cadere il giornale ai suoi piedi, sul nudo pavimento. Lui le rivolse uno sguardo impietosito.

«Vi aiuterò a trovare un altro lavoro, un lavoro migliore», le disse, ma lei alzò la testa con un gesto sdegnoso. «Venite», proseguì l'uomo sospirando, «siete troppo bella per morire di fatica in quella topaia di fabbrica. Anch'io sono polacco», aggiunse passando alla loro lingua, «e voglio aiutarvi.»

In quella voce dolce c'era un tono esortante, e lei gli afferrò un braccio con fervore.

«Sì, aiutatemi», sussurrò, quindi emise una risata innaturale. «Aiutatemi a far pagare a Heischmann quello che ha fatto e...»

«E... poi...»

«Qualsiasi cosa», fece lei con un filo di voce.

Sabinette la prese tra le braccia.

«Vi aiuterò», proclamò, e la luce che gli brillava negli occhi si fece più intensa.

II

Grimshaw, o Heischmann, stava osservando dalla finestra del suo ufficio lo sciamare dell'orda di schiavi dal fabbricato. La giornata lavorativa era terminata, nel basso capannone le macchine tacevano, uno strato di polvere si stava gradualmente depositando sulle pile di indumenti ammassate sull'enorme bancone al centro del locale. Un vice caporeparto si presentò alla porta dell'ufficio e gli consegnò umilmente le chiavi del cancello esterno. Heischmann, senza alzare gli occhi dalle sue carte, disse: «Yoli, la polacca, non è venuta oggi».

Il vice caporeparto scrollò le spalle. Donna più o donna meno, che differenza faceva per lui...

«Te ne occuperai tu», ordinò Heischmann, «e te ne occuperai domani: occorre farla rinsavire.»

Un'ora dopo aveva quasi finito di esaminare i documenti. Il ballo in maschera nel parco di casa sua sarebbe iniziato a mezzanotte. Si appoggiò allo schienale della poltrona e socchiuse gli occhi. Tutto era silenzioso nell'ufficio. L'unica fonte di luce sembrava rendere più scure le ombre negli angoli... Qualcosa si staccò da quella subito dietro la sua poltrona. Guardò nel minuscolo specchio circolare appoggiato alla scrivania. Una mano sottile era sollevata alle sue spalle. Alla luce della lampada a gas, l'arma che teneva sembrava un pugnale. Heischmann era uomo dai nervi d'acciaio: non si mosse finché non lo vide scendere e poi si scostò così rapidamente che, prima che l'urlo di spavento di Yoli le morisse sulle labbra, le aveva già afferrato saldamente il polso sottile. Glielo ritorse e lei gridò di dolore. Le lunghe forbici caddero rumorosamente al suolo. La ragazza si divincolò agile e riuscì a liberarsi. Lui le balzò sulla destra proprio mentre stava riafferrando le forbici. Heischmann cercò di avventarsi sulla giovane in ginocchio, ma inciampò su uno sgabello che era caduto e finì rovinosamente su di lei a corpo morto. Si udì un debole gemito, niente di più. L'uomo si rialzò faticosamente e procedette a tentoni verso il muro, a cui si appoggiò per sostenersi, con il respiro affannato. Yoli giaceva immobile sul pavimento, la luce fioca della lampada a gas posata sul suo seno a illuminare il cerchio di acciaio che lui sapeva essere l'impugnatura delle forbici. Tornò da lei e si chinò…

«Le hanno trafitto il cuore…», mormorò. Poi, con un sussurro spaventato: «Yoli, è stato un incidente… è stata colpa tua».

Si raddrizzò e corse freneticamente verso la porta. Poi si coprì gli occhi e strillò come una donna isterica.

La porta era aperta. Cyrus Sabinette era appoggiato ciondolante allo stipite.

«Ho suonato più volte», disse a bassa voce, fingendo di non notare l'agitazione di Heischmann. «E alla fine mi sono preso la libertà di entrare.» Poi i suoi occhi si posarono sulla figura che giaceva sul pavimento. Rivolse a Heischmann uno sguardo inquisitore. «Svenuta?», chiese.

Heischmann si stava tormentando i rever della giacca da giorno.

«No», ansimò, «è venuta qui a lamentarsi... del lavoro... e... l'ho licenziata... una delle mie sarte.»

«Ah!» Sabinette si abbassò a guardare la donna. «Suicidio, immagino. Queste povere creature amano il melodramma. Mi pare di riconoscere il suo viso.»

Heischmann ondeggiava il busto avanti e indietro. Gli sembrava tutto irreale. Preoccupato, Sabinette sorrise alla penosa figura vicino alla porta.

«Venite a sedervi, amico», disse a Heischmann, quasi rassicurante. «Non sarà difficile spiegarlo alla polizia.»

L'altro si lasciò cadere su una poltrona; non aveva più forze, tutti i suoi muscoli erano diventati deboli e flaccidi.

«Aspettate qui un momento», gli chiese Sabinette, «vado a cercarvi del brandy; avete un aspetto spaventoso.»

«Non andate via... non ancora», lo implorò Heischmann. «Ce n'è una bottiglia nell'armadietto sopra la vostra testa.»

Sabinette si voltò, aprì l'armadietto e prese la bottiglia. Ne versò un bel bicchiere e andò dietro la poltrona di Heischmann. «Coraggio», sussurrò, e spinse il bordo del bicchiere tra le sue labbra tremanti. L'imprenditore ne prese un lungo sorso, poi appoggiò il capo allo schienale della poltrona.

«Tra pochi minuti vi sentirete meglio», disse Sabinette. «Chiudete gli occhi e provate a dimenticare questa… questa faccenda.»

Heischmann fu pervaso da una sensazione di pace e serenità; in poco tempo i suoi sensi parvero assopirsi, e l'immagine di Sabinette si sovrappose a quella della figura sul pavimento…

Quando riaprì gli occhi, era a casa sua, sdraiato a letto. In camera, il suo maggiordomo stava silenziosamente scegliendogli e preparandogli gli indumenti da indossare. Per un attimo Heischmann lo guardò incuriosito. Poi chiese: «Da quanto tempo sono qui?»

L'uomo gli fu subito accanto.

«Dal primo pomeriggio, signore», gli rispose. «Siete tornato in compagnia di un gentiluomo che non ricordo di aver mai visto prima. Mi ha detto che avevate perso i sensi al club: ipotizzava potesse essere stato per il caldo.»

«Dal… primo… pomeriggio!» Heischmann pronunciò quelle parole dubbioso. «Ne sei sicuro, Merrit?»

«Sicurissimo signore, non mi sono mai mosso dalla stanza.»

Dal parco sottostante saliva il suono della musica.

Heischmann si sedette sul letto. Merritt scostò la tenda oscurante e guardò di sotto.

«Tutto è pronto, signore», disse piano. «Gli ospiti saranno qui tra breve.» Indicò gli abiti da sera, e Heischmann scese dal letto e si dedicò alla vestizione.

Nel parco, una miriade di fili pieni di lucine era appesa di albero in albero, lanterne cinesi spuntavano meravigliosamente dai cespugli e sopra il chiacchiericcio degli invitati si librava la musica dell'orchestra nascosta. I costumi dei ballerini erano di ogni foggia e colore; erano tutti molto originali, dal piccolo gnomo con le ali infuocate alla meravigliosa rappresentazione di un opale vivente. Heischmann naturalmente aveva previsto solo l'abito da sera, e non indossava alcuna maschera. La cena di mezzanotte fu imbandita all'aperto, con gli ospiti che raggiungevano i loro posti attraverso un viale di lanterne oscillanti. C'era anche Lady Recker, che, non troppo educatamente, si fece strada per sedersi accanto al padrone di casa. Si alzò la maschera, mentre si sporgeva verso di lui.

«Oh, carissimo», disse con un risolino. «Non potevamo lontanamente immaginare neanche la metà di tutto questo, nonostante la vostra capacità di superarvi ogni volta.»

Lui le strinse leggermente la mano.

«Siete sempre troppo generosa, Lady Recker», mormorò. «La mia unica speranza è che non manchi niente. Da un vecchio scapolo difficilmente ci si aspetta che...»

Lei gli chiuse le labbra con il ventaglio.

«Tacete!», lo rimproverò. Gli si avvicinò un po' di più. «Voglio presentarvi la fanciulla più deliziosa che abbiate mai conosciuto.» Si voltò e fece un cenno con il ventaglio a una ragazza snella vestita da menestrello girovago, i cui occhi lo scrutavano da dietro una maschera color del fuoco e sembravano arrivare dritti al suo cuore.

«Mademoiselle», sussurrò Lady Recker, «il nostro caro, gradevolissimo ospite.»

Heischmann fece un bel respiro e prese la mano bianca che gli era stata tesa.

«Che gelida», disse, portandosela alle labbra.

«Che galante», mormorò la ragazza, e si sedette al suo fianco.

I due aprirono le danze. Il cuore di Heischmann batteva forte, il sangue gli pulsava nelle vene; la musica si fece più incalzante, i piedi della ragazza scivolavano sul prato come se non sfiorassero nemmeno l'erba. Sembrava che fosse lei a portare lui; il sorriso sulle labbra di rosa, che si inarcavano così seducenti, lo mandava in visibilio e lo faceva fantasticare.

«Stupendo!», sussurrò estasiato, mentre lei si faceva spazio tra le coppie e lo portava sul bordo del prato. «Ballate come un angelo!»

«Un angelo!», gli fece eco la ragazza, dandogli un colpetto sul viso accaldato con il ventaglio.

La musica terminò, ma lei continuò a trascinarlo con sé, attraverso il sentiero che delimitava il prato e poi dentro al boschetto.

«Dobbiamo tornare», sospirò lui. «Dobbiamo, purtroppo... e dire... e dire che potrei andare avanti così per sempre.»

«Nei secoli dei secoli», rise lei. «Siete stanco?... No!... Questo non lo dovete fare!» Heischmann aveva avvicinato una mano alla sua maschera. «Tra poco... ci riposeremo.»

«Ci riposeremo», mormorò lui. Le luci del giardino erano scomparse, le voci degli invitati non si sentivano più.

«Riposeremo qui.» Con un rapido movimento la ragazza si liberò e si sdraiò sull'erba ai piedi dell'uomo. Anche lui si sdraiò al suo fianco. Gli arbusti che c'erano intorno si premevano gli uni con gli altri come se volessero sottrarre la coppia alla vista di occhi indiscreti.

«Devo tornare», disse lui come in sogno, senza muoversi.

Lei gli fece scivolare il braccio candido sotto il collo e si chinò su di lui come per stampargli un bacio sulla bocca.

«Chiudete gli occhi», gli sussurrò, e il cuore di Heischmann si infervorò all'idea di ciò che stava per succedere.

Un attimo dopo aprì gli occhi. L'orrore li investì. La maschera era caduta dal viso della ragazza. Era Yoli, la polacca, che lo stava guardando! Provò a gridare, ma aveva le labbra sigillate; provò a muovere le braccia, provò ad alzarsi, ma in lui non c'erano più forze. Vide il luccichio dell'arma quando lei la sollevò sopra la propria testa e, subito dietro, la figura alta e sinistra di Cyrus Sabinette.

Dissero che fu un suicidio. Se avessero saputo la verità!

LUMLEY DEAKIN

Lumley Deakin era e resta un grande mistero. Egli – dal carattere delle sue storie, suppongo sia un uomo – apparve come dal nulla suscitando molto scalpore tra i lettori dei periodici di narrativa pubblicati dall'editore Cassell durante la Prima guerra mondiale: «Cassell's Magazine», «The Story-teller» e, soprattutto, «The New Magazine», che proponeva la serie di racconti Behind the Door *con il misterioso Cyrus Sabinette come protagonista. A detta dell'editore, quelle storie diedero vita a un ampio carteggio da parte dei lettori, ma egli non fornì mai informazioni sull'identità dell'autore. Deakin scomparve con la stessa rapidità con cui era apparso dopo solo due anni e diciassette racconti, più uno che sospetto fosse stato tenuto in archivio, la cui pubblicazione venne posticipata al 1923. Sebbene i suoi racconti vertessero generalmente su temi insoliti, non tutti erano apertamente soprannaturali.* Fantasmi *è uno dei più lineari!*

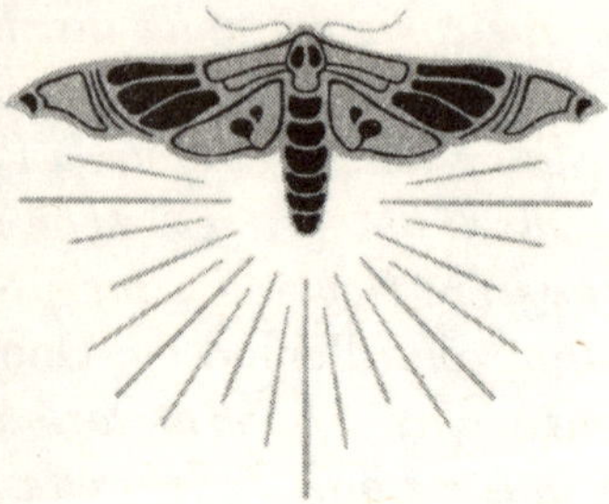

IN POTERE DEGLI SPIRITI

di Philippa Forest

Sia Carwell che io evitiamo sempre di rievocare quell'incidente perché, a differenza di altre problematiche affrontate insieme, finì per rivelarsi una situazione senza via d'uscita. Eppure… Non so! Se avessimo potuto conoscere la versione di Mary, forse… ma sto cominciando la storia partendo dalla parte sbagliata.

Tutto iniziò ad agosto, alla fine di una lunga giornata di escursioni nel Somerset, una tappa delle vacanze mie e di Carwell. Ero già stato da quelle parti in passato ed ero ossessionato da una locanda che sapevo essere da qualche parte «proprio dietro l'angolo». Non riuscivo a ricordarne il nome né altro, a parte il fatto che era «un bellissimo quadretto»: finestre con vetri a piombo, un'insegna oscillante, tetto di paglia, una quercia che faceva ombra e uno stagno con le anatre!

«Aggiungici un'ostessa avida e letti impossibili, conosco quel tipo di locande!», disse Carwell contrariato. «Se non ci imbattiamo in questo posto entro i prossimi dieci minuti, io in ogni caso me ne torno a Redthorne. Oggi abbiamo percorso almeno venti miglia e sono allo stremo delle forze. Le tue gambe hanno una generazione meno delle mie, non dimenticartene, Wilton.»

Un contadino svoltò in quel momento l'angolo del vicolo e io lo chiamai.

«Ah, volete dire 'Il Drago verde' a Chigley Highfield», disse, dopo averci rimuginato sopra per un po'. «Andate alla fine di questa strada, tenetevi sulla destra per più o meno mezzo miglio e ci andrete sicuramente a sbattere davanti.»

Seguimmo le sue indicazioni e persino Carwell dovette riconoscere che il posto corrispondeva esattamente alla mia descrizione... perlomeno da fuori.

E dopo dieci minuti stavamo lietamente scoprendo che anche l'interno era degno del pittoresco esterno. È vero che i grandi letti di piume, nelle camere che ci furono indicate per darci una più che necessaria «ripulita», non sembravano esattamente la sistemazione ideale per una calda notte di agosto ma, come feci notare a Carwell, i materassi a molle sarebbero stati tanto fuori luogo, in quelle stanze scure e con il soffitto basso, quanto la luce elettrica nella caverna di un eremita.

«Siamo tornati ai tempi di Dickens, e, a giudicare dall'aroma delizioso che sale dalla cucina, sembra che ci saranno riservati la stessa accoglienza e allegria che lo scrittore ci ha fatto intendere fossero la norma, ai suoi tempi. Prosciutto, mio caro amico», annusai l'aria voluttuosamente, «prosciutto... e uova... e pane fatto in casa... e marmellata... in caso contrario ho preso una grossa cantonata!»

Anche l'ostessa, scoprimmo, era all'altezza delle sue mercanzie. Era una donna con le spalle larghe e il seno generoso, dai capelli lisci e scuri e gli occhi gentili e scintillanti, e la sua sollecitudine a prepararci «un tè coi fiocchi» rese quel pasto succulento come la festa del ritorno a casa di uno scolaro. Quando alla fine ci dichiarammo assolutamente incapaci di ingurgitare un'altra goccia o briciola di qualunque cosa, ci chiese quanto pensavamo di fermarci.

«Se dipendesse da me, per tutta la vita!», risposi io entusiasta.

Dal suo ampio grembiule bianco salì lentamente il fragore di una risata.

«Bene, bene, buono a sapersi, ne ero sicura!», disse in tono strascicato. «Se date mostra di aver apprezzato il cibo e vi sentite meglio, voglio dire. Mary, puoi venire a sparecchiare. Questi gentiluomini adesso andranno a farsi una fumata.»

Mary entrò seduta stante e iniziò a raccogliere i resti del pasto.

La ragazza mi incuriosì fin dal primo momento; non saprei dire esattamente perché, in quanto non aveva nulla di minimamente attraente dal punto di vista fisico. Una giovane bassina e piuttosto robusta sui vent'anni, dai capelli biondi troppo fini e dai grandi occhi azzurri che tremavano nervosamente su un viso dal pallore giallastro; l'unica sua bellezza erano le mani, piccole e affusolate benché irruvidite dal lavoro. Ma c'era qualcosa in lei, qualcosa che si nascondeva dietro quello sguardo spaventato da bambina, che mi affascinava. E affascinava anche Carwell, a giudicare dall'occhiata rapida e interessata che le lanciò non appena fece la sua comparsa. Non era intelligenza, tutt'altro. Era abbastanza stupidotta in effetti, come scoprimmo ben presto, e così nervosa da non poter toccare praticamente le stoviglie senza farle tintinnare come nacchere. Aveva, piuttosto, un'aria suadente – be', l'unico aggettivo che mi viene in mente per descriverla è «materna», benché possa sembrare incongruente considerando le nostre rispettive età –, che aveva la capacità di farti sentire a tuo agio.

Dopo nemmeno due giorni capimmo che non era il caso di farci scrupoli nel chiedere a Mary una tazza di tè, o qualsiasi altra cosa, in orari non canonici. Si illuminava come se le stessimo facendo un favore, anziché chiederglielo. E, anche se magari metà del tè finiva nel piattino a causa delle sue mani maldestre, quello che si riusciva a bere era forte e bollente. Stessa cosa quando serviva a tavola. Lasciava cadere o versava o faceva tintinnare quasi tutto quello che toccava, ma i piatti che ci dava erano perfettamente puliti, le posate lucide e brillanti e tutto era sempre alla temperatura perfetta.

Fin dal primo giorno ci rendemmo conto che la nostra permanenza sarebbe stata più che confortevole, così la mattina dopo telegrafai che mi mandassero i miei strumenti per dipingere e annunciai la mia intenzione di concludere lì le mie vacanze.

«E, se sei in grado di capire quando stai davvero bene, dovresti fare anche tu lo stesso, Peter», gli consigliai. «Se ti guardi un po' attorno, troverai un tumulo, l'altare di un druido, una grotta o qualcos'altro con cui divertirti, ne sono sicuro. Questa mattina ho notato una montagnola dall'aria molto promettente, in un campo.»

«Probabilmente le rape dell'inverno scorso», commentò lui pigramente. «Ma va bene, mi fermerò finché dura questo bel clima. Posso sempre passare il tempo con una canna da pesca a mosca, anche se non prendo niente.»

Non fui affatto sorpreso di scoprire che Mary sviluppò ben presto una specie di devozione per Carwell: ha un effetto straordinariamente calmante sulle persone con i nervi molto tesi, nonché una gentilezza e un'attenzione proverbiali, tra i suoi amici, tanto quanto lo sono la sua particolare conoscenza ed esperienza in materia di occultismo tra gli appassionati.

«Mi piacerebbe sapere qualcosa in più sull'infanzia di quella ragazza», disse una sera dopo che lei ci ebbe portato il caffè del dopocena. «O si è presa un grandissimo spavento, oppure...»

Si fermò quando entrò la signora Raplin per informarsi se la cena appena terminata ci avesse soddisfatti e se fosse stata servita «ben calda e in modo corretto».

«Ha rasentato la massima perfezione sotto ogni profilo», rispose Carwell. «Quella vostra ragazza è un vero tesoro, signora Raplin. Il suo unico problema è il nervosismo. Ha avuto qualche incidente, o si è presa qualche grosso spavento da bambina, che voi sappiate?»

«No, non che io abbia mai sentito; e lo saprei se fosse successo perché è mia nipote, la conosco da quando era alta così.» Indicò un oggettino che avrebbe potuto stare in uno dei vasi di peltro che decoravano la credenza. «Ma è sempre stata una sempliciotta, con la paura della sua ombra, come si dice. Non so se la sua abitudine di... Vieni qui, John! Ho ancora bisogno di te! Non scappare! Manca ancora quasi mezz'ora!»

Sfrecciò verso la porta con agilità, nonostante la mole, per bloccare lo stalliere che si stava rapidamente preparando per la partenza. Azzardai qualche pigra ipotesi sulla natura dell'«abitudine» di Mary, ma Carwell non sembrava molto incline a trattare l'argomento, che fu ben presto lasciato cadere.

Non so se i miei rapporti costanti con un esperto della «linea di confine» come Carwell avessero accelerato o meno le mie facoltà paranormali, fatto sta che quella notte – fatidica, come emerse in seguito, per almeno una degli occupanti del Drago verde –, ero irrequieto e turbato. Poteva essere per le condizioni atmosferiche, naturalmente, perché faceva un caldo abominevole e non c'era un alito di vento, con la bassa pressione che precede un temporale. Mi girai e rigirai nel letto finché alla fine mi alzai, mi misi qualcosa addosso e mi affacciai alla finestra per prendere una boccata d'aria fresca.

Su nel cielo dovevano tirare venti forti, perché un cumulo di nubi basse stava arrivando rapido da sud e copriva nel suo passaggio la luna calante che si stagliava all'orizzonte, come un grosso piatto d'oro cui un gigante avesse dato un avido morso. C'era stato un forte acquazzone in serata, ma era evidente che stava arrivando qualcosa di molto più violento. Dall'alto giunse un cupo rombo di avvertimento e dai rami della quercia arrivò un fruscio misterioso, come se le vite nascoste tra le sue fronde si stessero stringendo l'una all'altra per proteggersi. Alcune gocce pesanti caddero nelle pozzanghere lasciate dallo scroscio precedente con un rumore udibile, e io mi allungai ancora più fuori dalla finestra perché mi cadessero sul collo nudo e sulle mani. Mentre lo facevo, vidi una figura attraversare la strada e scomparire dietro l'angolo della locanda. Un minuto dopo la bufera scoppiò con uno schianto terribile, che sembrò far scattare una molla da qualche parte tra le nuvole, perché subito dopo la pioggia cominciò a scendere come una fitta cascata.

La vista del davanzale rapidamente inondato mi ricordò della tela che avevo lasciato vicino alla finestra aperta della saletta da caffè. Si sarebbe rovinata se si fosse bagnata, cosa che sarebbe sicuramente successa se non l'avessi spostata quanto prima.

Sulla via per la mia missione di salvataggio, arrivai al pianerottolo delle scale, quando un rumore di passi felpati proveniente dalla cucina mi indusse a fermarmi.

Tutto il Drago verde sprofondava invariabilmente nel sonno al più tardi alle undici di sera. Chi poteva dunque aggirarsi per la locanda a quell'ora di notte? Scrutai nel buio del pianterreno e vidi una sagoma bassa uscire dall'ombra e iniziare a salire le scale.

«Chi va là?», dissi aspro.

Non ci fu nessuna risposta, solo il tonfo leggero di passi. Afferrai la ringhiera del pianerottolo decisamente agitato e, un minuto dopo, la figura mi passò davanti, sfiorandomi. Mentre lo faceva tossì nervosamente e io mi piegai sulla ringhiera, colto da un silenzioso attacco di risa per la mia stupidità. Era Mary!

Percorreva il corridoio in direzione della sua stanza, senza far rumore, e io rimasi ad aspettare fino a che udii il debole scatto di una porta che si chiudeva. Poi finalmente scesi a recuperare la mia tela, tornai in camera, mi spogliai e mi addormentai in un attimo, nonostante l'inferno che la bufera stava scatenando poco sopra la mia testa.

«Avete l'aria stanca, stamane», dissi a Mary quando la mattina dopo entrò nella saletta del caffè con la colazione. «E non c'è da stupirsi!»

Lei sussultò sorpresa e, per poco, il piatto di uova e pancetta che sorreggeva non le scivolò dalle mani. Feci appena in tempo a prenderlo al balzo e lo posai sul tavolo.

«Ma... cosa intendete dire, signore?»

Scossi la testa pomposamente.

«Era mezzanotte e mezza quando siete rientrata stanotte. Avete orari allucinanti, Mary, questo è poco ma sicuro!»

Non avevo minimamente pensato che avrei potuto spaventarla, prendendola un po' in giro. Le avventure notturne che si potrebbero istintivamente immaginare in riferimento a certe ragazze per qualche ragione non passavano nemmeno per la testa con Mary. Se avessi provato a ragionarci sopra, avrei potuto concludere che fosse andata a fare una visita a tarda sera ad amici o parenti al villaggio, a un paio di miglia dalla locanda. Rimasi sinceramente scioccato quando il suo viso emaciato si fece viola, tanto era angustiata.

«*Io?*», ansimò senza fiato. «Sono andata a letto prima delle dieci e non mi sono più mossa fino alle sei di questa mattina... lo giuro sulla Bibbia!» Poi nascose il viso tra le mani e scoppiò a piangere con singhiozzi soffocati, facendomi sentire un vero mostro.

«Oh, per amor del cielo, non fate così, Mary... mia cara, dolce ragazza, vi prego!», la implorai profondamente turbato.

«Non... non ho mai... lo giuro...»

«Ma certo che non lo avete fatto! Stavo solo

scherzando», mentii frettolosamente. «Per carità di Dio, smettetela! Ecco che arriva il signor Carwell, mi prenderà a pugni in faccia se scoprirà che vi ho scombussolata a questo punto, e me lo meriterei anche! Smettetela, siate buona, volevo solo punzecchiarvi un po'… davvero.»

Smise di piangere con la stessa rapidità con cui aveva iniziato, fissando distrattamente il tavolo per qualche istante. Poi fece un sospiro che sembrò salirle dalle suole dei suoi stivaletti sgraziati e raddrizzò il salino sovrappensiero.

«Mi spiace di essere stata così sciocca, signore», disse con voce tremante, «ma mi avete spaventata… Oddio, cosa succede?»

Carwell entrò mentre dall'esterno uno scalpiccio di zoccoli si arrestava bruscamente. John era arrivato in groppa a un pesante cavallo da tiro ed era sceso gridando concitato: «Signora! Signora! Mary! Dove siete? Devo darvi una notizia, una notizia senza possibilità di errore! Hodgson, quella vecchia carogna, è stato trovato assassinato nel suo letto, soffocato, o strangolato, o qualcosa del genere!»

La signora Raplin emise uno strillo acuto e varie voci si sovrapposero, tutte con mille domande. Io e Carwell andammo alla finestra, ma facemmo appena in tempo a lanciare una rapida occhiata al gruppo radunato sulla soglia quando un tonfo sordo nella stanza attirò la nostra attenzione. Mary era caduta di schianto a terra, svenuta.

Per qualche motivo che non provai neppure a spiegarmi, non rimasi sorpreso nel vederla venire lentamente per i campi verso di noi, quel pomeriggio. Io stavo dipingendo e Carwell lanciava pigramente ciottoli e zolle d'erba nel fiume. Avevamo chiacchierato sporadicamente dell'ultima inchiesta di Quilter su «Change» e del suo orgoglio sincero per la recente nascita del figlio.

Di comune accordo avevamo evitato qualsiasi accenno agli eventi del mattino. Eravamo rimasti entrambi nella saletta fino a che Mary si era «riavuta», come aveva detto la signora Raplin, e l'espressione di terrore guardingo sul suo volto quando aveva ripreso conoscenza, unita all'agitazione manifestata al mio benevolo rimprovero sulla sua scappatella della sera prima, mi avevano lasciato una vaga sensazione di disagio. Pensieri – troppo indeterminati per essere definiti sospetti – mi infastidivano e pungolavano appena al di sotto della soglia di consapevolezza con l'esasperante insistenza di un tafano, ma mi rifiutavo imperterrito di dare loro spazio.

Pure Carwell era a disagio, si notava, anche se non ne dava quasi segno se non per una lieve irrequietezza. Evidentemente stava aspettando Mary, perché quando apparve esclamò: «Sta arrivando, allora… avevo ragione!» con tono sollevato.

Rimasi sconvolto dal pallore mortale del suo viso e dalle ombre violacee che aveva sotto gli occhi, quando ella si fermò davanti a noi.

«Venite, sedetevi qui», dissi, porgendole il mio seggiolino pieghevole. «Avete un'aria tremendamente spossata.»

Lei si sedette senza dire una parola e giunse le mani in grembo, come un bimbo stanco. Lo sguardo era fisso su Carwell, che ricambiava.

«Raccontatemi tutto», le chiese con delicatezza.

«È per questo che sono venuta. Andrei via di testa se non lo facessi... anche se non so cosa penserete di me, ma ormai ho superato la fase in cui mi poteva importare.»

Si rivolse improvvisamente a me.

«Per quale motivo, signore, stamattina mi avete detto quelle cose? Lo so che non stavate scherzando. Per quale motivo?»

Rimasi per un momento esitante. Poi glielo dissi. In fondo, nello stato in cui era, di choc o supposto tale, poteva anche giovarle più che danneggiarla. Mentre finivo di parlare annuiva lentamente.

«Ricordo di essere entrata quando la pioggia ha cominciato a scendere all'improvviso e con violenza, come da un tubo di scolo. Ho appena fatto in tempo a mettermi al riparo. Ma non ho sentito nessuno.»

«Camminavate nel sonno», intervenne Carwell autorevole.

«Già, signore.» Lo guardò per un momento inespressiva, poi avvampò e cominciò a torcersi febbrilmente le mani. Tutto d'un tratto, le chiuse della confessione si aprirono.

«Lo faccio fin da quando ero piccola, ma pensavo che crescendo sarebbe passato. Oh, nessuno saprà mai quante ne ho passate in vita mia! Non so se è stato il Signore a farmi così, ma se è stato Lui, deve avermi voluto fare un grande dispetto, per qualche motivo! Quando ero poco più che una bimbetta, di continuo vedevo facce e sentivo voci che nessun altro vedeva o sentiva, e avevo paura, rischiavo quasi di impazzire. E poi una volta, uno o due anni fa, è stato un vero inferno! Tutti pensavano che ero posseduta dal diavolo e non mi stupisco. Mi schivavano come se avessi la peste o il vaiolo, o roba simile. Non potevo giocare con gli altri, nessuno mi lasciava i figli da guardare, e a me piaceva tantissimo prendermi cura di loro» (Oh, povera Mary, riuscivo a immaginarmelo perfettamente!) «e tutti, a parte mia madre e pochi altri, si prendevano gioco di me e mi chiamavano strega...»

«Ma perché?», la interruppi indignato.

«Perché quando c'ero io succedevano cose strane. I quadri cadevano dai muri, le brocche saltavano giù dal tavolo e si spaccavano per terra, e le pietre volavano entrando dalle finestre... E poi sono venuti degli esperti da Londra per esaminarmi... Oh, quante volte ho desiderato di essere morta, da piccola! Non è che *volevo* farlo o che ci guadagnavo qualcosa. No. Io volevo solo essere come tutti gli altri, giocare e ridere, e curare i bambini piccoli e, quando andavo a letto... dormire. Ma ero tormentata dai sogni! Sogni bruttissimi, orrendi! E dovevano legarmi ai montanti del letto perché se no me ne andavo in giro per casa... È andata un po' meglio quando sono cresciuta, e speravo che mi passava... ma ieri notte ho fatto un altro sogno, oh mio Dio!»

Nascose il viso tra le mani in preda al tremore.

Carwell le afferrò saldamente i polsi, e poco dopo lei alzò di nuovo lo sguardo e riprese il suo pietoso monologo.

«Ero molto stanca quando sono andata a letto e mi sono addormentata subito. Mi era sembrato che era passato tanto tempo ma immagino che non poteva essere molto dopo, quando una voce mi ha svegliata. 'Alzati', mi ha detto, 'vai da lui.' E io mi sono alzata e vestita, sapendo che stavo sempre sognando, se mi capite. Sapevo che se qualcuno mi udiva mi fermava, perciò mi sono mossa piano piano come un topo perché sentivo che se non potevo andare morivo... Sono uscita fuori lungo la strada e ho cominciato a camminare. Solo allora ho saputo dove dovevo andare e chi era *lui*... e ho scoperto anche chi era che mi guidava...

«Voi naturalmente non avete mai sentito parlare di Hodgson, signore, ma qui attorno lo conoscono tutti bene. Una vera bestia, un uomo burbero e crudele che ha fatto fare a sua moglie una vita da cani fino a pochi mesi fa, quando è morta. Dicevano che aveva cercato di liberarsi di lei varie volte dopo che un cugino le aveva lasciato un po' di soldi, forse alla fine l'ha ammazzata davvero, e, quando qualche tempo fa è caduto da un carro carico di fieno ed è rimasto zoppo, sono stati pochi quelli a cui ha fatto pena. Se l'è meritato, dicevano tutti, e secondo qualcuno era stata *lei* a metterci una mano... E, anche se i poveri sono quasi sempre pronti ad aiutare un vicino nei guai, lui avrebbe fatto una brutta fine se non veniva una sua nipote a occuparsene. Abitava in un casolare dall'altra parte di quel bosco lì, vicino alla cava di pietra... un posto abbastanza isolato, lontano dalle strade pricipali... Be', era da *lui* che dovevo andare...

«C'era una finestra con la luce accesa e ha gridato: 'Vieni dentro, chiunque tu sia', quando ho bussato alla porta. Si è messo a ridere quando sono entrata e mi ha visto lì davanti a lui. Solo il cielo sa cosa pensava che ero andata a fare, ma era di sicuro qualcosa di brutto se veniva dalla sua testa, sono pronta a giurarci!»

Si fermò, e il sofferto rossore sulle sue guance giallognole aumentò di intensità.

«Era solo? Dov'era sua nipote?», chiese Carwell.

«A casa per la notte. Non si ferma oltre le nove. Probabilmente se n'era andata via prima ieri sera, lasciando che lui si preparasse la cena, perché vicino al letto c'era un tavolino con una bacinella e un po' di latte e farina, e una stufetta alla paraffina accesa che rendeva ancora più puzzolente del solito il posto... che puzza già abbastanza di suo, perché questa Ellen è una sozzona incapace, lo sanno tutti.

«Insomma, ho chiuso la porta e sono andata vicino al letto. Qualsiasi cosa stava cercando di fare, aveva fatto un disastro, e rovesciato un po' di latte e farina. 'Volete che vi prepari qualcosa per cena?', gli ho chiesto, e lui ha di nuovo riso in quella maniera disgustosa.

«'Certo, e ti ripagherò con un bacio, se è questo che vuoi', poi ha aggiunto qualcos'altro che non mi ricordo, so solo che quando lo ha detto di colpo ho saputo cos'era che dovevo fare... Gli ho preparato un po' di porridge e ho fatto tostare un pezzo di pane sul fuoco, poi ho messo tutto su un vassoio e gliel'ho portato. Era rimasto sdraiato in silenzio mentre gli preparavo quelle cose, e ho capito perché quando mi sono avvicinata al letto e l'ho guardato. Era spaventato. Spaventato a morte da *me*! Se ne stava lì a fissarmi a bocca aperta.

«'Chi sei tu?', mi ha chiesto senza voce. 'Cos'hai intenzione di fare? Quando sei entrata sembravi Mary Amherst del Drago verde, ma adesso chi sei, Susan? Di viso sembri più giovane, ma i tuoi occhi sono come i suoi, e le tue mani – guardati le mani! –, cosa gli hai fatto? Non sono le mani di una ragazza! Sono vecchie, grandi, e rugose, come quelle di Susan! Cos'hai intenzione di fare?'

«Aveva iniziato sottovoce ma poi ha finito con un urlo spaventato, si è rannicchiato nel letto stringendosi contro il muro e cercando di spingermi fuori... Io ho di nuovo portato via il vassoio e mentre lo facevo mi sono guardata le mani: aveva ragione lui.

Non erano le mani di una ragazza, lisce e affusolate come sono adesso.»

Le tese davanti a sé e le guardò incuriosita per un momento, poi se le sfregò di nuovo intrecciandole, stringendole, in quel modo febbrile, irrequieto. Né io né Carwell dicevamo niente. La sua terribile storia mi aveva ammutolito e raggelato. Sapevo cosa stava per raccontare e avrei dato quasi tutto ciò che possedevo per impedirle di farlo, ma non potevo.

«Erano mani nodose, grandi e forti, forti come quelle di un uomo, mi sembrava, ed ero contenta che erano così. Non avevo mai odiato nessuno in vita mia tanto quanto quel coso piagnucolante rannicchiato lì sul letto... Ho preso un cuscino appoggiato su una sedia, mi sono riavvicinata al letto e piegata su di lui.

«'Susan!', ha gridato. 'Susan, non farlo, non ho mai voluto farti del male, Susan.'

«'È l'ultima bugia che dirai a questo mondo, Dick Hodgson', gli ho risposto io... E così è stato.» Si interruppe bruscamente.

Io guardai i materiali da pittura sparsi attorno a me sull'erba, il fiume placido e un gruppetto di ontani che tremolavano nel vento, chiedendomi se non fossi anch'io in preda a un orribile incubo, come lo era stata Mary Amherst la sera prima.

«E poi vi siete svegliata?», chiese Carwell.

«Non mi sono più svegliata fino alle sei di questa mattina – gliel'ho detto al signor Wilton... vero che ve l'ho detto, signore? –, quando ho portato la colazione. No, dopo che lui è rimasto… immobile... sono uscita, mi sono richiusa la porta alle spalle e sono tornata a casa. E il signor Wilton mi ha vista salire di sopra, a quanto dice.»

Carwell rimase zitto. Io mi sforzai di calmarmi e riflettere. *Qualcosa* andava detto per confortare quella povera ragazza, e, se significava commettere uno spergiuro, be', lo avrei fatto comunque.

«Non fate caso alle mie parole di stamattina, Mary», cominciai a dire. «Ho visto qualcuno che saliva le scale, è vero, ma non so se foste voi. Come potrei saperlo? Era molto buio. L'ho soltanto immaginato e, stupidamente, vi ho presa in giro basandomi su quella supposizione. Avete fatto un sogno orrendo ma, davvero, è stato solo un sogno.»

Lanciai uno sguardo vergognosamente implorante a Carwell. Perché non spiegava alla ragazza che era stata vittima di uno straordinario caso di trasmissione del pensiero, o testimone della scena dal suo corpo astrale, o qualcosa del genere? Poteva rendere chiaro e plausibile ciò che le era successo, come ben sapevo… Invece rimase lì seduto a fissare il fiume, cogitabondo, e non disse niente. Così, sconsideratamente, decisi di provarci io.

«È stato un sogno insolitamente vivido, tutto qui», ripetei. «La vostra mente, che è come una lastra fotografica pronta a essere impressionata, ha semplicemente registrato i pensieri e le emozioni della persona che ha commesso il delitto, e nel sonno voi le avete trasposte nella vostra esperienza personale, pensando di essere stata voi ad agire, capite? È questo che è successo, non è vero, Carwell? Anch'io ho fatto sogni del genere», dissi mentendo con disinvoltura, «e mi sembravano così reali che al risveglio non sapevo se fossero realmente avvenuti oppure no. Ricordo che una volta ho sognato di essere vicino a un incendio...»

«Certo, signore», convenne semplicemente Mary, «solo che quando stamattina ho guardato le mie ciabatte da casa erano tutte infangate e... e quando ho raschiato via il fango ho trovato un grumo di farina sotto le suole...»

Un tremito nervoso la scosse all'improvviso dalla testa ai piedi.

«Pensate che mi impiccheranno per questo, signor Carwell? Io non ho mai pensato di... io... perché... non farei del male neanche a una mosca...»

Cominciò a singhiozzare disperata.

«Sicuramente non vi impiccheranno, Mary. Anche le nostre giurie confuse dovranno dare ascolto ai testimoni che porterò... oh! Non piangete così, povera fanciulla... oh! Povera fanciulla. Voi non siete più colpevole di quanto lo sia io, o il signor Wilton. Siete solo stata un cieco strumento nelle mani di qualcosa infinitamente più grande di voi...» La voce di Carwell si abbassò fino a spegnersi. In fondo il suo primo istinto era stato corretto. Le spiegazioni scientifiche non potevano lenire un'anima in pena.

Prima che la ragazza ci lasciasse, le fece promettere che non avrebbe parlato con nessun altro di quella vicenda. Lei ne diede garanzia piuttosto prontamente, ma si vedeva che aveva la mente altrove. Una sorta di fiacchezza trasognata aveva preso il posto del suo sfogo febbrile, tanto che parlava e si muoveva come una bambina imbambolata.

Carwell la guardò impietosito mentre si allontanava lentamente.

«Suppongo che i rigidi sostenitori della legge presa alla lettera direbbero che stiamo intralciando la giustizia, Wilton. Ma avresti il cuore di sottoporre quella povera creatura sconcertata alle tenere cure di... bene, ne ero sicuro! Non credo che su di lei potrà ricadere alcun sospetto. L'unico indizio potevano essere le impronte che ha lasciato uscendo dal casolare, ma la pioggia battente le avrà spazzate via. In ogni caso ci fermeremo qui fino alla chiusura delle indagini e – se malauguratamente dovesse essercene la necessità – chiederò di poter parlare io a suo nome.»

«Cosa diresti? Che era posseduta dallo spirito della moglie dell'uomo ucciso, e che ha portato a termine una vendetta a posteriori per conto e su ordine della donna? Mio caro Peter, davvero credi che una giuria britannica possa prendere in seria considerazione un tale argomento di difesa?»

«A dispetto delle rassicurazioni che ho appena dato alla ragazza temo di no, eppure è la verità.»

«Hai sospettato fin da subito che fosse una sensitiva?»

«Sì, ne ha tutte le caratteristiche. E negli ultimi giorni mi aspettavo una crisi di qualche tipo: quei suoi occhi timorosi e tremolanti l'hanno tradita. Naturalmente non avevo idea che si sarebbe manifestata in una maniera tanto terribile ma, quando stamattina è svenuta dopo aver appreso la notizia, ho avuto la certezza che ne sapesse qualcosa.»

«Spero che quel suo svenimento non desti sospetti negli altri!»

«Non credo che ce ne sia pericolo. Fortunatamente per Mary, la sua fama di 'sempliciotta, con la paura della sua ombra' la proteggerà.»

Iniziai con calma a rimettere a posto i miei strumenti di pittura. La luce era perfetta, ma in quel momento non me la sentivo di dipingere. Allo stesso tempo, l'idea di tornare alla locanda mi spaventava. Sarei stato capace di guardare di nuovo le piccole mani nervose di Mary gentilmente intente a servirci, senza ricordare che avevano premuto saldamente e spietatamente un cuscino su una faccia terrorizzata e in preda agli spasmi, fino a che... non si era più mossa? Solo il cielo sa quanto la compatissi dal profondo del cuore, ma preferivo non rivederla prima di avere assorbito almeno in parte lo choc. Tuttavia, sperare di fuggire da quella situazione era del tutto inutile. Carwell aveva detto che dovevamo rimanere ancora per qualche giorno, quindi la questione era chiusa.

«Pensi che le sue mani si fossero davvero trasformate come ha detto?», chiesi, mentre pulivo frettolosamente i pennelli. «È un dettaglio talmente raccapricciante che mi sembra vada oltre l'immaginazione di chiunque, figuriamoci quella di una povera infelice come lei.»

«Non ho dubbi che si siano trasformate… in ogni caso per lei e per quel disgraziato sconvolto. La suggestione può far prendere lucciole per lanterne a chiunque di noi, quando ne siamo preda.»

Per fortuna non fummo tenuti a fare nulla. Il verdetto delle indagini fu «omicidio perpetrato da uno o più sconosciuti», e non si levò una sola voce che collegasse Mary al delitto.

Il giorno dopo partimmo e dopo circa una settimana ricevetti una lettera della signora Raplin, insieme ad alcuni fazzoletti che avevo dimenticato. Alla fine aveva aggiunto: «Penso che vi spiacerà sapere che la nostra Mary non c'è più. O è scivolata nel fiume accidentalmente mentre camminava nel sonno, abitudine che ha avuto fin da quando era poco più che una bambina, oppure vi si è gettata apposta ieri sera; il suo cadavere ci è stato portato verso mezzanotte».

Per questo all'inizio ho detto che, se avessimo potuto sentire la versione di Mary, forse avremmo scoperto che non considerava la sua una «situazione senza via d'uscita». Dobbiamo poter credere che, almeno nell'aldilà, la bilancia della giustizia possa pendere dal lato giusto.

PHILIPPA FOREST

Gli anni immediatamente successivi alla Prima guerra mondiale registrarono un interesse crescente per lo spiritismo, a causa del naturale desiderio di chi aveva perso persone care di trovare un modo per rientrare in contatto con loro. I periodici soddisfacevano questo bisogno in vario modo, talvolta con articoli di firme prestigiose – piuttosto spesso Sir Arthur Conan Doyle o Sir Oliver Lodge – ove si sosteneva che è possibile entrare in contatto con i morti, talaltra con storie di spiritualismo o dell'occulto. Il «Pearson's Magazine» ne pubblicò parecchie, compresa la serie Borderland *di Philippa Forest. La serie esordì sull'edizione della rivista del marzo 1920 con il racconto* The Seven Fires, *il primo con protagonista Peter Carwell, un uomo d'affari di successo che commerciava in cibarie dall'Oriente, accompagnato dal suo «Watson», un artista di nome Wilton. La storia riguardava una casa gravemente colpita da combustione spontanea. La serie si concluse con* A Satyr Who Stole a Bride, *sugli spiriti della natura, pubblicato sull'edizione del giugno 1920.*

Philippa Forest era lo pseudonimo della giornalista Marion Holmes (1867-1943), molto attiva nel movimento delle Suffragette. Aveva contribuito a fondare, nel 1897, la Margate Pioneer Society, allo scopo di istruire le donne nella giurisprudenza e promuovere l'uguaglianza. Quando successivamente si stabilì a Croydon, divenne presidentessa della sezione locale della Women's Social and Political Union ed entrò a far parte del direttivo nazionale della Women's Freedom League. Nel 1907 fu condannata a due settimane nella prigione di Holloway per aver preso parte a una marcia di protesta alla Camera dei Comuni. Rimase attiva nell'ambito del movimento per tutta la Prima guerra mondiale fino al primo dopoguerra, presiedendo assemblee e scrivendo opere teatrali rappresentate in occasione di eventi a favore del suffragio femminile.

Nel frattempo, come Philippa Forest, approfondì il suo interesse per lo spiritualismo e l'astrologia. Le sue esperienze paranormali iniziarono quando aveva sette anni. Mentre stava suonando il piano con un'altra ragazza in un vecchio capannone nello Yorkshire, presagì qualcosa che le oscillava sopra la testa. Una o due settimane più tardi un uomo vi si impiccò.

Non c'erano abbastanza racconti con Peter Carwell come protagonista per farne un libro, per questo sono stati dimenticati. Fino a oggi.

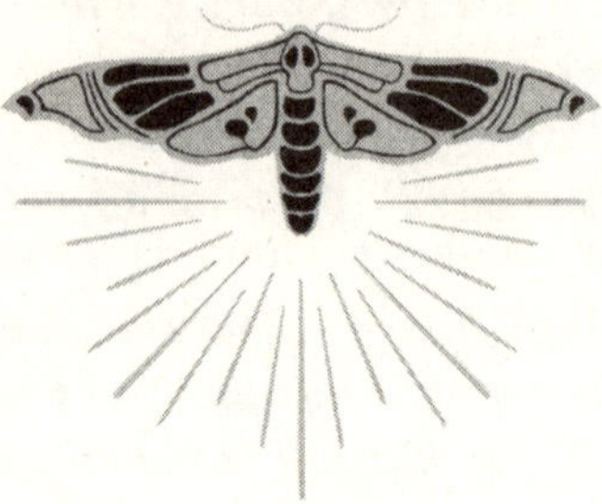

LA CASA DEL MALE

di Eric Purves

Lo strano comportamento del postino, in cima alle scale, richiamò per l'ennesima volta la mia attenzione su quella casa lugubre e sinistra. L'uomo, solitamente discreto, in effetti aveva appoggiato un ginocchio a terra e stava sbirciando attraverso la buca delle lettere sulla porta, con la sacca della posta buttata maldestramente a terra davanti alla soglia.

Per un attimo rimasi esitante in fondo alle scale, ma non erano affari miei: probabilmente una lettera si era incastrata. E in ogni caso, quel postino era una brava persona con cui avevo chiacchierato amabilmente in varie occasioni; se per una volta decideva di fare qualcosa di insolito, perché avrei dovuto interferire?

Stavo per proseguire per la mia strada – benché a malincuore, perché quella casa con le imposte chiuse, sgradevole e desolata, mi aveva sempre affascinato – quando il postino, nell'alzarsi, si voltò. Non appena mi vide, in un inconsueto stato di agitazione, mi chiamò per nome denotando al contempo una notevole urgenza e una certa qual distrazione, senza guardarmi in faccia e scendendo invece i gradini per poter controllare l'intero edificio, ansiosamente e con molta fretta.

Ebbene, lo confesso: effettivamente risposi alla sua chiamata, ma in che combinazione di panico, curiosità e stupore lo feci! Immaginate perciò il mio stato d'animo quando, raggiuntolo sull'ultimo scalino, il postino non disse niente, non mi salutò, non si mosse salvo che per guardarmi in preda al terrore e indicare la buca delle lettere con mano tremante.

Mi obbligai a inginocchiarmi come prima aveva fatto lui, per sollevare l'aletta e scrutare dentro la fessura. Dietro non c'era niente, soltanto il buio più buio.

In collera per lo scherzo che mi aveva giocato, mi rialzai bruscamente per chiedergli spiegazioni. Prima ancora che potessi aprire bocca, vedendo la mia evidente irritazione, mi precedette.

«No, signore, no», disse, «non c'è una cassetta delle lettere, è l'atrio quello che vedete. Ed è buio, completamente buio. E le lettere, signore, spariscono!»

Fissai l'uomo intensamente. Per un momento pensai che fosse pazzo, poi che fosse ubriaco; e invece no, era perfettamente sano di mente e sobrio, era solo terribilmente spaventato. Non ebbi nemmeno il tempo di provare a capire cosa avesse, comunque, perché d'un tratto, senza nemmeno scusarsi, mi sfilò il giornale del mattino da sotto al braccio, lo piegò per il verso lungo e me lo spinse in mano dicendo, con una specie di sussulto: «Provi a infilarcelo dentro, signore, provi a infilarlo e *guardi* cosa succede!»

Questo andava al di là della mia comprensione. Mi inginocchiai di nuovo. Avvicinai il giornale alla fessura e mentre lo facevo mi gridò: «Lentamente!»

E io lo spinsi dentro lentamente.

Come posso descrivere quello che accadde? C'era la porta, c'era l'aletta della buca per le lettere, alla chiara luce di una mattina luminosa, benché un po' fosca. C'era lo spazio oblungo e nero della fessura per infilarci la posta, interrotto dal bianco a lettere stampate di un «Times» piegato. Ora, se provate a infilare un giornale in una buca, lo potete vedere mentre entra. C'è una parte esterna e una parte, ancora visibile, all'interno; in ombra, magari, ma pur sempre visibile. Ma man mano che spingevo il giornale, quello spariva. Si vedeva la parte all'esterno, la linea della buca per le lettere e poi più nulla, il nero più nero!

Sbalordito, ritrassi immediatamente il giornale, che ricomparve all'istante. Ebbi un attimo di esitazione, poi di colpo tutti i miei timori si dileguarono e con una risatina infilai le dita nella fessura, convinto che avrebbero toccato una qualche striscia di stoffa nera, messa lì per proteggere dalla corrente. Non c'era niente.

«No, signore», disse il postino. «Ho provato anch'io più e più volte. Succede così da diversi giorni, dietro non c'è niente. Le lettere semplicemente spariscono, si dissolvono nel buio. Non è normale, signore, sembra ci sia qualcosa di magico dietro. E dove sono gli abitanti della casa, signore? Mai una volta aperta, sempre con le imposte sprangate. Ma i poliziotti di ronda si dicono convinti che dentro ci viva della gente e di sicuro è un indirizzo attivo, perché ci ho già portato un mucchio di lettere!»

Mentre parlava, avevo spinto tutta la mano dentro la fessura. Credetemi, anche se non vi era alcuna spiegazione logica: così come prima il giornale, anche la mia mano scomparve nettamente alla vista, non appena superata la linea della porta.

Ciò che è inspiegabile fa sempre paura. Tutti i miei timori ricomparvero di colpo, amplificati all'ennesima potenza quando alzai gli occhi sul postino.

Il mio appartamento si trovava dalla parte opposta della piazza e per caso avevo assistito all'arrivo degli effetti personali di quelli che presumevo fossero gli attuali occupanti della casa. Ad ogni modo, erano già diverse settimane che la osservavo con una certa curiosità perché, mentre prima che arrivassero i mobili era stata evidentemente vuota, con le imposte aperte e le finestre prive di tende che lasciavano vedere gli interni desolati, a partire da quella data ogni finestra era stata chiusa con le persiane e non vi avevo mai visto segno di vita. Mai che uscisse un filo di fumo da un camino, mai una bottiglia di latte che aspettasse di essere ritirata, a nessuna ora del giorno. Una volta avevo visto che vi portavano delle lettere; e adesso quello stupefacente mistero.

Seguendo lo stesso impulso e riflettendo in silenzio, io e il postino scendemmo gli scalini contemporaneamente. Non mi sorpresi quando, senza dire una parola, l'uomo si rimise in spalla la sacca della posta e si allontanò rapidamente per riprendere il suo giro. Sapeva che avevo molto tempo libero perché vivevo di rendita e che mi sarei messo subito all'opera per andare a fondo della questione; e che, qualunque cosa avessi scoperto, non avrei mancato di informarlo.

Rimasto lì con le spalle alla casa, sentii svanire una parte delle mie paure. Potevo ragionare con più chiarezza. Mi fu subito ovvio che non si sarebbe potuto venirne a capo senza entrare nell'abitazione. Di conseguenza, risalii le scale e suonai il campanello.

Di colpo, come se avessi aperto il rubinetto di una doccia, mi piombò addosso una gelida e irrazionale ondata di panico. Sentii il clangore del campanello lontano. Restai paralizzato dal terrore. Tuttavia non accadde nulla.

Alla fine, dopo quella che mi sembrò un'eternità, il fischiettare allegro di un fattorino che passava giù per la strada ruppe l'incantesimo. Non provai a suonare di nuovo. Con una decisione repentina, partii per andare a trovare l'agente immobiliare che si era occupato della casa.

Non solo lo conoscevo infatti, ma era anche un

mio caro amico. Una volta tornato tra le vie affollate, risi delle mie paure e fu con una certa vergogna che mi presentai da lui. Come era ovvio, rimase estremamente colpito dal mio racconto, che destò in lui un grande interesse.

Mi disse di essersi molto preoccupato per la casa e i suoi abitanti. Era stata presa, molto repentinamente e quasi senza pensarci sopra, da una «signora dalla personalità dirompente, una straniera» che aveva pagato tre mesi di affitto in anticipo, disposto le forniture di acqua, gas, elettricità e tutto il resto, vi aveva traslocato due giorni dopo e, per quanto ne sapeva il mio amico (e la mia esperienza lo confermava), da allora non era mai più stata vista, né lei né nessun eventuale familiare. Tutte queste strane circostanze, come era naturale, avevano turbato Steevens (il mio amico).

«Che sia morta?», disse. «In effetti, avevo cominciato a pensarlo; ma anche se fosse, non vedo come potrebbe aiutarci a spiegare il mistero che mi hai descritto.»

Dopo averne parlato ancora un po', decidemmo di chiedere una consulenza legale e, se necessario, fare irruzione nella casa. Promise di chiamarmi non appena una decisione fosse stata presa; su mia richiesta aggiunse che, se possibile, sarebbe stato autorizzato a presenziare anche il mio amico postino.

Non c'è bisogno di ricapitolare i vari passi intrapresi da Steevens nel corso delle ore successive; basti dire che non avevo fatto in tempo ad accendere la pipa dopo pranzo che già mi telefonava chiedendomi di fare subito un salto in ufficio da lui.

Arrivai insieme agli ultimi componenti di un assembramento a dir poco imponente. In tutto c'erano, oltre a me e a Steevens: Holt il postino, un po' intimidito e in abiti borghesi, sull'attenti – per così dire – nell'angolo vicino alla porta; Meadows figlio, del negozio di ferramenta sotto l'ufficio di Steevens; Crosby, l'avvocato che seguiva gran parte dell'attività di quest'ultimo; e infine, con una stazza tale da coprire quasi tutta la luce, un grosso poliziotto e un altrettanto grosso detective in abiti civili, con un viso dall'espressione niente affatto stupida sormontato (volutamente?) dalla più stupida e banale delle bombette.

Steevens ci presentò tutti rapidamente e ricapitolò in breve i vari aspetti del problema, per come li conoscevamo.

L'unica novità per me, derivante dalle informazioni acquisite a seguito del nostro incontro del mattino, era che la signora che aveva preso in affitto la casa sulla piazza era un'illustre, o meglio famigerata, occultista, o spiritista se si preferisce, ma che gli spiritisti seri erano tutt'altra cosa.

«Comunque», disse Steevens, «non perdiamo tempo in dettagli di cui ci potremo occupare più tardi e andiamo direttamente alla casa.» Fu nel silenzio che contraddistingue chi sta per affrontare l'ignoto che scendemmo le scale.

Mi incamminai per strada al fianco di Crosby. Mi

interrogò, come già aveva fatto con Holt, sulla buca per le lettere. Pensavo che tutta quella faccenda potesse apparirgli un'assurdità alla luce del suo pragmatico buon senso, e che ci stesse accompagnando più che altro nella speranza di dare appagamento, a spese nostre, alla sua poderosa, fragorosa risata. Invece, lo scoprii ansioso e turbato nell'ascoltare il mio racconto e potei vederlo adombrarsi per le stesse paure che accomunavano me e Holt.

Mentre svoltavamo per entrare nella piazza, un altro tipo di silenzio scese su di noi. A cosa ci stavamo avvicinando? Erano trascorse tre settimane da quando la casa era stata occupata.

Esitammo tutti ai piedi delle scale. Poi Steevens e Meadows figlio, il fabbro, salirono per primi.

Steevens suonò alla porta con la mano che gli tremava. Rimanemmo tutti in ascolto, con l'espressione vigile di chi aspetta di sentire il primo rintocco di una campana che si sa già dovrà suonare a morto. Suonò due e poi tre volte, ma nessuno rispose. Dopodiché fece cenno a Meadows che poteva forzare la porta (perché Steevens non aveva il duplicato delle chiavi).

A un paio di curiosi che si stavano attardando sulla piazza venne seccamente intimato dal poliziotto di levarsi di torno; ma era una zona tranquilla, di lì non passava molta gente e non c'era il rischio che venissimo disturbati dalla folla. Quanto a me, devo riconoscere che se fossimo stati in una via più trafficata avrei probabilmente riso delle mie paure, che invece in quel momento mi stavano attanagliando in una morsa così stretta da scatenarmi brividi in tutto il corpo e farmi vacillare sulle gambe.

Meadows lavorò sulla serratura per alcuni minuti, che parvero eterni. Poi, finalmente, si sentì lo scatto del meccanismo di apertura. Un istante dopo Meadows girò la maniglia e diede una lieve spinta al pesante portone: si spostò a sufficienza per rivelare che il catenaccio all'interno non era stato chiuso. Poi il ragazzo si fece da parte.

Immediatamente, terreo in volto e con evidente riluttanza, Steevens alzò la mano e spinse in avanti la porta aprendola.

Ciò che ci trovammo di fronte fu tanto impressionante nella sua semplicità quanto difficile da descrivere. Lì, davanti ai nostri occhi increduli e sbalorditi, il massiccio portone si aprì verso l'interno e, mentre si apriva, venne inghiottito e scomparve in un'impenetrabile oscurità, nera come la pece, che riempiva la soglia vuota esattamente come avrebbe fatto dell'olio con un serbatoio. Dove prima c'era la porta, in sostanza, c'era ora una nitida superficie di oscurità, definita come se fosse stata intagliata nel marmo e così netta che gli stessi cardini risultavano tagliati in due, visibili per metà e con la metà all'interno fagocitata. E, tra l'altro, quel muro nero era *semplicemente* nero. Nessun bagliore, nessun accenno di luce riflessa dalla sua mortale vacuità. Non si era mai visto prima niente del genere.

Carta nera, tessuto nero, vernice nera sono tutti caratterizzati da riflessi e bagliori. Anche all'interno di un buco nero si passa gradualmente dalla luce al buio. Lì invece non si poteva dire altro che questo: fuori era la luce, dentro – il confine delimitato esattamente dal punto in cui prima c'era il portone – le tenebre. Immediate, assolute, inspiegabili e terribili.

Restammo lì, tra lo stupore e la soggezione, a fissare quello strano fenomeno.

Poi all'improvviso Holt, il postino, prese un'iniziativa temeraria. Non ho dubbi che qualcosa lo avesse spinto a farlo, in quanto senza una spiegazione, o come minimo una qualche indagine preventiva, un simile gesto era troppo azzardato per assumersene il rischio; ma fu ugualmente coraggiosissimo.

Avanzando, attraversò quella soglia spaventosa e ne venne istantaneamente inghiottito. Era come se fosse entrato attraverso un'impalpabile porta nera. Scomparve completamente, anche se potevamo ancora sentirlo. Mosse un passo o due e poi, con un basso sussulto tremebondo e un concitato strascinio dei piedi, riapparve all'improvviso, indietreggiando, inciampò sul basso scalino della porta e piombò in mezzo a noi, madido di sudore appiccicaticcio e percorso dalla testa ai piedi da un tremito violento, di un'intensità pari solo a quella dei motori più potenti. Dopo alcuni istanti, per fortuna, si riprese abbastanza da poter parlare: «Oh, non so come spiegarlo! Nero, nero, buio! Così, all'improvviso, sembra di soffocare... lo zerbino sotto i piedi e i rumori dall'esterno e niente, niente che si veda se non le tenebre più assolute dall'istante in cui si oltrepassa la soglia».

«C'era un odore particolare, o del fumo, un gas, una sensazione, *qualunque cosa*?», gli chiesi.

«No, signore, niente di niente. Se fosse stato di notte, una notte buia, non credo si sarebbe notato niente. Ma immergercisi provenendo dalla luce benedetta del giorno è stato orribile.»

A quel punto parlò il detective.

«Andiamo, signore, in questo modo non apprenderemo nulla. Dobbiamo entrare in questa casa, e io non mi tirerò certo indietro.»

Così dicendo, entrò e scomparve; all'istante, infiammati dalle sue parole e dalla sua determinazione, ci accalcammo dietro di lui, tutti tranne Meadows e Holt, che non fece nemmeno il gesto di riavvicinarsi alla soglia.

La sensazione era esattamente come Holt l'aveva descritta. Ma già qualcosa dell'orrore iniziale era venuto meno. Mentre entravo chiesi ad alta voce: «Steevens, dove sei?»

«Qui», rispose lui dal buio fitto, e mi prese per un braccio.

Una volta superato lo choc di lasciare così improvvisamente e inspiegabilmente la luce del giorno, non era peggio che muoversi in una strana casa nel buio della notte.

Avanzammo cauti nell'atrio e guidandoci a vicenda – con la voce e prendendoci l'un l'altro per mano – ci riunimmo in un gruppetto ai piedi di quella che sembrava essere una scala.

Tutto d'un tratto si sentì un debole clic, seguito da un'esclamazione irritata.

«La torcia non si accende», disse il detective.

Sentii qualche movimento e poi il raschiare di un fiammifero: niente luce. Un altro fiammifero e un altro ancora. Poi la raffica scoppiettante dei fiammiferi sfregati da diversi di noi, e infine un breve strillo proveniente da Crosby.

«Cosa succede?», chiese Steevens.

«Il fiammifero mi ha bruciato le dita», rispose l'altro. «L'ho tenuto per essere sicuro che si accendesse bene; la fiamma mi ha bruciato, ma non ne ho visto neanche una scintilla.»

All'istante (i nostri gemiti lo rivelarono) provammo tutti a fare lo stesso esperimento. Uno dopo l'altro riferimmo che il fiammifero ci aveva bruciato le dita, ma di luce neanche una traccia! Tutto d'un tratto, in preda all'orrore reso ancora più inaudito da quel buio impenetrabile, Crosby perse la testa.

«Tenebre!», gridò. «Pianto e stridore di denti!» E trascinando orrendamente i piedi fece due passi e poi cadde in avanti di testa. Muovendoci cauti verso di lui, tastando con le mani e con i piedi, lo trovammo lungo sul pavimento che borbottava: «Un'oscurità profonda! Oh, Dio! Sia la luce!»

Mentre eravamo lì inorriditi, rischiando di cadere tutti quanti rapidamente nelle misere condizioni del povero Crosby, fummo colti di sorpresa da un'esclamazione improvvisa.

«Dove sono lor signori? Cosa sta succedendo?»

Per un attimo nessuno rispose.

Poi Steevens urlò: «Siete voi, Holt? Dove siete?»

Holt e Meadows risposero all'unisono. «Qui fuori!» Poi si avvertirono dei passi e (così parve) entrarono entrambi, con Holt che diceva: «Abbiamo sentito un tonfo. Va tutto bene?»

Il detective spiegò la situazione; poi disse: «Signor Crosby, per favore, vedete di darvi una calmata. Mi volete ascoltare? Mi è venuta un'idea su cosa potremmo fare».

Crosby ci provò, ansimante.

«Mi dispiace», disse, «è una cosa strana, ho dato di matto; adesso però va meglio.» Sembrò che si stesse rialzando.

Poi Grainer, il detective, proseguì: «Signori, mi dicevate che la casa è stata presa in affitto da una spiritista. Deve trattarsi di qualche sinistro trucchetto. Non facciamoci prendere stupidamente dal panico. Perlustriamola da cima a fondo, motivo per cui siamo venuti; anche se non possiamo vedere niente, se facciamo un piano ragionato possiamo esaminarla a fondo fidandoci delle nostre sensazioni. Signor Steevens, lei la casa la conosce; cosa c'è su questo piano?»

Steevens ebbe un attimo di esitazione. Si poteva quasi sentirlo che si sforzava di ricomporsi.

«Ehm... grazie, Grainer», disse, «mi sembra sensato quello che dite. A quanto ricordo c'è questo atrio, una sala da pranzo, un salotto e un soggiorno che si apre su di esso. Dietro le scale c'è una porta rivestita di panno che conduce alle cucine.»

«Statemi a sentire, allora, tutti quanti!», ci apostrofò Grainer. «Indietreggiate, gradualmente, fino a che non toccate le pareti dell'atrio.» Seguì un minuto di fruscii e qualche esclamazione mezza sussurrata, mentre ciascuno di noi, più nervoso perché costretto a separarsi dagli altri, trovò il proprio posto lungo le pareti.

«Adesso», riprese Grainer, «cerchiamo di trovare una porta, una finestra, un oggetto qualsiasi nelle nostre immediate vicinanze.»

In quella maniera riuscimmo a fare la perlustrazione dell'atrio più accurata che ci fu possibile, descrivendo quello che incontravamo e rispondendo alle domande che poneva continuamente Grainer.

Il poliziotto, che era accanto a me, riferì di aver trovato una finestra. In contemporanea, io battei la testa abbastanza forte contro la porta rimasta aperta e, quando lo dissi, mi fu ordinato di chiuderla, per evitare che a qualche passante venisse in mente di entrare a curiosare vedendo un ingresso con appesa dietro una tenda nera come l'inchiostro, quale senza dubbio appariva dal marciapiede.

Dopo averlo fatto, udii Grainer attraversare la

stanza per andare verso il poliziotto, poi il tintinnio di tende che scorrevano sul loro bastone, indi un rumore di scuri che si aprivano e, infine, il crepitio di una tapparella che veniva fatta salire. Nessuna luce apparve.

«Puoi provare a trovare il gancio della finestra?», chiese Grainer al collega.

«Eccolo», fece l'agente, seguito dallo scatto del chiavistello e dallo sbatacchiare della finestra che si apriva. Ancora niente luce; ma quasi subito dall'esterno giunse l'esclamazione inorridita di una giovane voce maschile: «Buon Dio, Bob, guarda quella finestra. Nel mezzo c'è un braccio umano che spunta fuori, tagliato di netto!»

«Che stranezza», fu la risposta che ricevette. «Ma immagino che si tratti di qualche trucco. Ehi voi, là dentro! Che intenzioni avete, volete atterrire la gente con i vostri stupidi giochi di prestigio? Andateli a fare da un'altra parte, così state spaventando tutti a morte!»

Con mia grande sorpresa, Grainer non replicò, limitandosi a chiudere di nuovo la finestra.

Mi sono chiesto spesso cosa quei due giovani – penso di aver capito di chi si trattava dalle voci – possano aver pensato attraversando la piazza! Quanto a noi all'interno di quella casa buia e silente, niente avrebbe potuto esprimere meglio la terribile assurdità della situazione in cui ci trovavamo.

Grainer, che con i suoi modi professionali e il suo consolidato senso pratico aveva preso le redini dell'indagine con il tacito consenso di tutti gli altri, non ci lasciava il tempo, in ogni caso, di farci prendere dalla paura. Sotto la sua direzione compimmo una perlustrazione difficile, bizzarra, ma accurata, di tutto il piano terra. Da quanto potemmo rilevare con quel buio pesto, non c'era niente di insolito: solo i normali arredi e corredi di una casa della media borghesia.

Poi salimmo le scale e perlustrammo il pianerottolo. Steevens ci informò che non vi erano mansarde; una volta ispezionato il primo piano il nostro lavoro sarebbe finito.

Com'era strano gattonare lì sopra in sette, allungando timidamente una mano in quel terribile buio, toccando all'improvviso e con sgomento qualche corpo fin troppo atteso, solo per scoprire che apparteneva a uno dei nostri.

Setacciare una casa dove si è abbastanza convinti di trovare un cadavere è già un compito spaventoso di per sé, in qualsiasi momento. Ma farlo nel buio più assoluto, e senza ancora conoscere la causa di quell'ulteriore anomalia, era una delle esperienze più terrificanti che si possano immaginare.

Per fortuna la tensione nel frattempo si era un po' allentata, perché avevamo trovato tutte le stanze che davano sul pianerottolo del primo piano chiuse ma con la chiave nella toppa, tranne una: quella, disse Steevens, generalmente utilizzata come spogliatoio, con tutta probabilità anche dall'attuale padrona di casa.

Con una certa ansia entrammo a tastoni. Cosa vi avremmo trovato? La signora se n'era andata? O l'avremmo rinvenuta nello stanzino? Era stata travolta, in modo orrendo e atroce, da quelle tenebre spaventose, fuggendo terrorizzata al punto di lasciare in preda al panico sia la casa sia la città, senza comunicare a nessuno della sua partenza?

Non sono un sensitivo, permeabile a quelle impercettibili sensazioni e impressioni che vengono definite paranormali. La cosiddetta «atmosfera» dei luoghi non ha molto effetto su di me. Tuttavia, ero talmente sovraeccitato dalla tensione creata da quelle tenebre maligne che avvertii nitidamente un orrore ancora maggiore, una crescente «repulsione» nell'entrare in quella stanza, e dovetti appellarmi a tutto il mio autocontrollo per impedirmi di urlare quando, un attimo dopo, il povero Steevens emise una sorta di ruggito tremebondo (più che un grido) scoprendo qualcosa.

Io in quel momento stavo tastando lo stipite della porta e, mentre Steevens esternava il suo terrore, posai la mano sull'interruttore e lo premetti. Non si produsse alcuna luce – ormai ci eravamo abituati –, ma lo lasciai acceso e andai insieme agli altri verso il punto in cui si trovava Steevens.

«Rimanete dove siete per un istante!», disse, «ho

trovato qualcosa, qualcuno... sì, un uomo... seduto su una sedia... qui... qui.» Allungammo le mani verso di lui, io toccai una spalla.

«Qui?», feci io, sentendola immobile e stranamente fredda sotto la stoffa, ma...

«No, qui», rispose la voce di Steevens a mezzo metro o poco più di distanza, e un istante dopo sentii la sua mano raggiungermi a tentoni; mi trovò, si fece riconoscere e io la guidai verso la spalla che avevo appena toccato.

«È un altro», sussurrò raccapricciato. Non proverò nemmeno a descrivere i passaggi, un secondo sbalorditivo dopo l'altro, della nostra agghiacciante scoperta. Furono troppo tesi, troppo atroci per provarci. E a dirla tutta, quando la mente è così scossa si chiude e rifiuta di ricordare l'origine di un trauma tanto profondo.

Basti dire che vi trovammo, seduti nel freddo silenzio di quelle tenebre orripilanti, ancora più fredde e silenziose nell'orrore tenebroso della morte, sei corpi umani: tre uomini e tre donne, seduti attorno a un tavolo rotondo come si usa durante una seduta spiritica.

Le loro mani erano allungate sul tavolo, con i mignoli intrecciati a quelli dei loro vicini, e tra le figure ne trovammo una che reputammo essere il medium, seduto su una sedia più ampia e più comoda delle altre, con una benda sugli occhi (come il buio da essa prodotto potesse mai essere più intenso delle tenebre in cui ci muovevamo) e con la testa e il tronco chinati in avanti, nel classico stato di trance di chi fa da intermediario con gli spiriti.

Uno dopo l'altro ispezionammo tutti i componenti di quel cerchio spaventoso. D'un tratto Grainer, la cui voce sembrava provenire da dietro il medium, ci fece sobbalzare esclamando: «Chi di voi ha toccato questo tizio bendato? Vi è sembrato freddo?»

Senza attendere risposta (al contrario di noi, tesi come corde di violino e immobili come statue, con le peggiori aspettative), lo si udì fare alcuni rapidi movimenti... Era quasi come potessimo vederlo, mentre spostava il corpo dalla sedia e lo distendeva sul pavimento, rilevandone il polso e slacciandogli delicatamente gli abiti. Si sentì il rumore di un tappo che si apriva e di un liquido che si agitava ritmicamente, da dentro la fiaschetta di Grainer.

D'un tratto, attraverso il buio, *vidi* spaventato, in alto dall'altra parte della stanza, due occhi enormi e terribili, larghi e rossi, malvagi: gli occhi di un mostro. Mi si rizzarono i capelli e mi si accapponò la pelle, percorsa da sudori freddi e appiccicosi; dalla gola, serrata per la paura, emisi un involontario grido soffocato.

«Degli occhi!», diceva quel grido, mentre io puntavo il dito verso di essi come se gli altri potessero vederlo.

Sentii dei denti battere, al pari dei miei; il cuore mi pompava e saltava nel petto così violentemente che per un attimo mi sembrò di non udire altro che il frastuono dei tamburi di un reggimento in marcia nelle sfere dell'oltretomba.

Poi si avvertì un urlo gracidante, uno schiamazzo, che si rivelò essere una *risata*, e infine la voce di Crosby: «Ma no, ma no, non sono occhi! Non sono affatto occhi, sono le lampadine elettriche!» E proprio in quel momento capimmo che era vero e che stava succedendo tutto in contemporanea. Grainer grugniva soddisfatto mentre la luce – benedetta, benedetta luce! – aumentava e potevamo ricominciare a vedere i reciproci volti, pallidi e tirati. Grainer era inginocchiato sul pavimento con una persona allungata al suo fianco, e le stava versando del brandy nella bocca con calma olimpica e fare concreto, e... Oh! Gli occhi si stavano aprendo...

Nel frattempo la luce si intensificava. La figura sospirò riprendendo vita, spalancò gli occhi, e tutto d'un tratto la stanza si illuminò completamente; il poliziotto tirò le tende e aprì la finestra, facendo entrare la luce del giorno. Ed eccoci, noi tutti sconvolti dal terrore, sul pavimento un giovane emaciato e pallidissimo e seduti attorno al tavolo cinque corpi irrigiditi, bianchi e cadaverici, con l'inconfondibile marchio della morte in faccia.

Quella stessa sera ci ritrovammo a casa di Crosby, il nostro piccolo gruppetto più un medico legale. Ci introdusse in una grande camera da letto dove era coricato Grey, il medium. Stando al medico, il giovane aveva ripreso le forze ed era perfettamente in grado di raccontare i fatti. In vista dell'inchiesta che sarebbe stata avviata la mattina seguente, per fare luce sulla morte dei due uomini e delle tre donne che in quel momento giacevano distesi sui letti della lugubre casa sulla piazza, occorreva tirare subito le fila di quella intricata vicenda.

Non proverò nemmeno a riferire per esteso le molte domande e risposte, spesso ripetute con il fiato mozzo, udite durante quella bizzarra indagine. Tuttavia, se poteva servire a scacciare la cappa di terrore che aleggiava sulle teste di noi lì convenuti, tanto di guadagnato, perché il racconto in sé era così assurdo da andare al di là di ogni immaginazione. Mi limiterò a delinearlo brevemente.

Pare che Grey per alcuni anni fosse stato amico di Madame Seulon (l'affittuaria della «casa delle tenebre») e che l'avesse aiutata sovente nelle sue ricerche sui fenomeni paranormali. Il marito della signora disapprovava apertamente tutto ciò, sicché tra i due si era creato un divario incolmabile. Quando Madame lo lasciò, iniziò a spostarsi in svariati luoghi, svolgendovi indagini su fantasmi, case infestate e altri misteri. La separazione dal marito ebbe su di lei un effetto nefasto, perché le consentì di dedicarsi anima e corpo alla magia più nera e ai più oscuri arcani.

Poco prima di affittare la casa sulla piazza, la morte improvvisa di una partecipante a una sua seduta spiritica aveva destato qualche scalpore, cosicché Madame si era trasferita con discrezione e, effettivamente, per i primi tempi aveva deciso – finché non completava una certa indagine – di non ingaggiare servitù, di rifornirsi di un'ampia scorta di provviste e di isolarsi dal resto del mondo. Fatto ciò, aveva preso contatto con alcuni dei suoi più stretti amici spiritisti, Grey compreso. Quando erano arrivati, aveva spiegato loro la sua ipotesi. Aveva scoperto – e in effetti è abbastanza risaputo – che le forze del male *rifuggono la luce*. Assetata di conoscenza e desiderosa di potere, Madame teneva spesso le sue sedute spiritiche nell'oscurità più completa; ma sempre, quando si attraversava la soglia misteriosa dell'oltretomba, appariva qualche luce, sovente sinistra e sgargiante, rosso fuoco o di un viola ripugnante; si verificavano apparizioni di esseri primordiali, avvolti nelle fiamme sulfuree del peccato, occhi glauchi li fissavano minacciosi, lampi lividi saettavano funesti nel buio.

Madame riteneva di poter evocare manifestazioni di livello superiore se un gruppo di persone con le doti necessarie, come quello che aveva riunito, avesse chiesto ai massimi poteri dell'oltretomba di creare un'oscurità assoluta, che non fosse solo di questo mondo ma anche dell'aldilà.

Grey era spaventato. Quella era negromanzia, e del genere più pericoloso! Ma si lasciò convincere e, una notte risalente a quasi quindici giorni prima, la seduta spiritica ebbe inizio.

Ora, va premesso che i medium possono essere molto diversi tra di loro. Alcuni sono quasi indifferenti a ciò che succede intorno, anche se è grazie al loro intervento che si verifica. Altri non ricordano assolutamente nulla dal momento in cui entrano in trance fino a quando si risvegliano. Altri ancora mantengono una sorta di semicoscienza per tutto il tempo.

Grey, a quanto pare, era una via di mezzo perché soggetto a due tipi di trance, uno più leggero e uno molto più profondo. Nella trance più leggera, pur mantenendo il ricordo di ciò che accadeva, non disponeva di volontà propria, e la comunicazione con il mondo degli spiriti per suo tramite era totale e affatto ostacolata dal suo stato di semicoscienza. Quando entrava nella trance più profonda era completamente «assente», come in una morte momentanea, e, una volta risvegliato, non rammentava assolutamente nulla di ciò che era successo nel frattempo.

In quell'occasione, con il gruppo riunito come al solito attorno a un tavolo rotondo, Grey cadde quasi istantaneamente nella forma più leggera del suo «sonno dello spirito».

Immediatamente (a suo dire) l'entità «reggente», con cui Madame era solita mantenere la comunicazione, si impadronì di lui. Non si trattava di uno spirito benevolo, ma di un mostro feroce e depravato contro il quale la signora era stata messa in guardia ripetutamente, del tutto invano.

Madame fece prontamente la sua richiesta di un buio completo e assoluto, «sia in questa casa», disse, «che nel mondo degli spiriti più prossimo a noi».

La richiesta venne esaudita, accolta da una risata orribilmente allegra sia dell'entità reggente sia della malvagia e spettrale congrega che la accompagnava.

«E all'istante», raccontò Grey, «quella strana, fioca luce dello spirito di cui sono sempre consapevole per quanto buia possa essere la stanza, perché in verità non appartiene a questo mondo, si spense immediatamente e gli occhi lividi della tetra compagnia che mi circondava scomparvero.

«E poi, oh! Poi all'improvviso cominciarono ad accadere cose spaventose», proseguì Grey con voce rotta. «Urla, ire furenti, gli strepiti di una lotta violentissima. Si udivano voci, voci crudeli, malvagie, che gioivano orrendamente nella battaglia, e voci più dolci, più gentili, dei loro avversari che combattevano per se stessi e per le nostre anime, sempre più ansimanti, senza fiato e indeboliti dallo strenuo e agguerrito confronto per il predominio, frastornati e ostacolati da quelle tenebre spietate, terra d'elezione del male dove il bene, deprivato della sua pura luce, si trova costretto a combattere alla cieca e nel panico contro la sorte iniqua. Era come se lo spazio stesso fosse scosso da quella battaglia.

«D'un tratto, tremando terrorizzato e sentendomi piccolo piccolo, udii vicino a me cinque nuove voci, deboli, strane, che vagivano come fossero dei gattini sul punto di annegare. Le riconobbi: erano quelle degli altri partecipanti alla seduta.»

Cos'era successo?

«Qualche forza spaventosa e incontrastabile aveva di certo strappato quelle anime frementi ai loro corpi e ora le gettava tremanti nel campo di battaglia dello Stige. Le forze del bene stavano quindi già perdendo terreno?

«E io? Io ero solo in quel conflitto; non mi trovavo né in questo mondo né in quello degli spiriti, estraniato da entrambi nel mio stato di semicoscienza. A quanto pareva ero in salvo ma, oh! Quali orrori erano accaduti a Madame e al resto del gruppo?»

Sembra che a quel punto Grey fosse talmente terrorizzato da prendere un'iniziativa alquanto insolita. Con la forza della disperazione, riuscì a rompere volontariamente il suo stato di trance e a fare ritorno, di colpo, nel suo corpo, seduto al tavolo medianico. Lì (ovvero in questo mondo) tutto taceva, perché si era lasciato dietro il clamore della guerra che si stava combattendo nel mondo degli spiriti. Vi era solo silenzio, e buio.

Con uno sforzo tremendo il medium parlò al resto degli astanti. Non ebbe risposta alcuna, nessuna parola, nessun respiro o sospiro, nemmeno un movimento.

Indebolito dal precedente stato di trance, il povero Grey poteva a stento muoversi, ma piano piano riuscì a raccogliere le forze per raddrizzare il busto e allungare nell'oscurità una mano, scosso dal peggiore dei presentimenti. Cercò e trovò, uno dopo l'altro, i suoi compagni, sentendo sotto le dita il gelo di cinque cadaveri.

Quanto fosse durata la sua trance, e cosa fosse successo in quella stanza fatale, non lo sapeva. E mentre era lì seduto, paralizzato dal terrore, d'un tratto una voce forte e imperiosa, di cui non conosceva – e mai avrebbe conosciuto – la provenienza, risuonò e gli ordinò con impellenza:

«Dormi! Dormi profondamente! Questi sono i morti! I morti! Continua a dormire nelle tenebre, finché i vivi non ti chiederanno di svegliarti!»

Ricevuto quell'ordine, il medium era immediatamente sprofondato in una profondissima trance, finché i vivi non gli avevano chiesto di svegliarsi.

Chissà cos'era successo e chissà cosa successe poi, quali orrori transitarono per quella casa avvolta nelle tenebre... Nessuno lo saprà mai.

È folle interferire con le forze del male: è folle sfidare con empia temerarietà le leggi che ci consentono di vivere in pace e tranquillità.

Il giorno seguente, in un'aula di tribunale tetra e minacciosa, con le finestre che sibilavano per il tumulto rabbioso della tempesta e sotto una pioggia gelida e scrosciante, si svolse l'inchiesta riguardante quei cinque cadaveri.

Non presentavano traccia di ferite o di veleno, e nessun segno di malattie in grado di causarne la morte.

L'inchiesta fu lunga e coscienziosa, come lunga e difficile fu la riunione della giuria. Non a caso, rientrando in aula sbigottiti e cupi e dopo aver richiesto l'autorizzazione del medico legale (che in quelle circostanze stupefacenti gliela concesse), il verdetto che espressero i giurati sui casi in questione (e a quel punto, la voce del presidente della giuria si fece bassa e tremante, come se stesse per infliggere una terribile condanna) fu: «Giustiziati dall'ira di Dio».

ERIC PURVES

Quando John Reed Wade, direttore del «Pearson's Magazine», pubblicò il racconto che avete appena letto, nel numero del maggio 1929, preannunciò che si trattava di «una delle più originali storie del mistero mai scritte». In effetti, lo colpì al punto tale da guadagnarsi una lunga anticipazione nel numero precedente e la copertina della rivista, con un'illustrazione di Kenneth Inns. L'immagine ritraeva un postino che guarda perplesso il buio impenetrabile dietro la buca delle lettere di una porta, in sostanza la scena iniziale del racconto.

Eppure, nonostante l'originalità e l'atmosfera del racconto, a quanto ne so io non è mai stato ristampato. E non sono nemmeno sicuro che il suo autore abbia scritto altro: di certo non è un nome che mi sia capitato di incontrare altrove, né sono riuscito a trovarlo in alcun archivio o inventario. Quindi chissà, forse quello di Purves è stato un successo che non si è mai più ripetuto.

IL TESORO DELLE TOMBE

di F. Britten Austin

I

Se mai vi fu un uomo grato, nel modo più enfatico ed espressivo possibile, della fine della guerra e del ritorno a una vita di pace, banale ma comoda, ebbene, quell'uomo ero io. Il contrasto tra il mio ufficio fresco e silenzioso a Londra città e gli ultimi tre anni trascorsi in Mesopotamia tra polvere, mosche e caldo insopportabile mi era indicibilmente gradito. E malgrado il servizio che prestai nell'esercito, grazie al lavoro amministrativo che svolgevo, fosse certamente non solo molto più interessante ma nettamente meno arduo di quello della maggior parte dei miei commilitoni, una volta seduto nuovamente sulla poltrona di mogano e marocchino rosso del mio ufficio privato, mi dissi che le avventure che avevo vissuto potevano bastarmi per il resto della vita. Niente mi avrebbe mai più indotto – ricordo i cenni soddisfatti di mio padre quando lo dissi; sentì che poteva tranquillamente affidarmi la direzione dell'attività – dicevo, niente mi avrebbe mai più indotto, a meno di un estremo pericolo per la nazione, ad abbandonare la sicura comodità di tre pasti al giorno e del club alla sera per il fallace richiamo degli orizzonti inesplorati che tanto fascino aveva esercitato su di me quando mi ero offerto volontario all'inizio della guerra. E ne ero ben convinto. Non provavo nemmeno attrazione, a differenza di molti veterani, per quei vecchi campi di battaglia in Francia e in Belgio che mi erano così familiari nel 1915. È vero che qualche volta ripensavo ad alcuni dei miei vecchi commilitoni chiedendomi che fine avessero fatto, ma non ero rimasto in contatto con nessuno. La guerra svanì per me in un ricordo onirico, lontano dalla realtà.

Per quanto lontano fosse, nondimeno un giorno il mio segretario bussò alla porta e mi portò due biglietti da visita, con sopra incisi i nomi rispettivamente di Richard Franks e Henry Jefferson, che mi riportarono all'istante alla mente due ufficiali aviatori, sporchi e smunti, a rapporto nel mio ufficio tappezzato di cartine geografiche, nel vecchio palazzo di Mosul. Il loro mezzo si era schiantato nel corso di una ricognizione sulla catena montuosa del Jabal Abyad, ed erano riusciti miracolosamente a rientrare tra le nostre fila, dopo una serie di terrificanti peripezie sufficienti per riempire un libro. Il mio rapporto sulle preziose informazioni che ci avevano trasmesso aveva contribuito non poco alla loro promozione. Sorrisi al ricordo di quei due giovani temerari e imperturbabili che avevano raccontato le loro esperienze da brivido come fossero la cosa più normale del mondo.

«Falli entrare», gli dissi, mentre mi alzavo per andare ad accoglierli.

Riconobbi subito, nonostante il camuffamento in abiti civili, i due giovanotti che entrarono con un certo impaccio nel mio ufficio. Ovviamente erano intimoriti dall'ambiente aziendale, a loro poco familiare.

«Buongiorno, maggiore», disse Franks, un tipo alto, snello e dal naso aquilino su un volto determinato che mal si addiceva all'atteggiamento nervoso che aveva in quel momento. Nessuno avrebbe mai potuto credere che da solo, in quello che lui chiamava un «combattimento tra cani», avesse abbattuto tre aerei tedeschi assegnati all'esercito turco.

«'Giorno, maggiore», azzardò Jefferson laconico, evidentemente non meno nervoso dell'altro. Era più giovane di Franks, non doveva avere più di ventidue o ventitré anni, praticamente poco più di un ragazzo, con i capelli biondi e gli occhi azzurri, uno dei tipici adolescenti che, a migliaia, si erano arruolati e avevano combattuto per le flotte aeree britanniche durante la guerra. Notai che, a dispetto della sua aria infantile, portava con sé un pacco piuttosto voluminoso, fasciato in carta marrone.

«Buongiorno a entrambi», risposi con calore, sinceramente contento per la loro visita. Portavano nel tran tran della mia vita da ufficio un tocco del passato di natura piacevolmente romantica, visto in retrospettiva. «Sono felice di vedervi! Sedete!» Sprofondarono con un certo imbarazzo sulle poltrone più vicine. Porsi loro il mio portasigarette. «Che novità mi portate? Che posso fare per voi?»

Presero una sigaretta ciascuno e poi si guardarono imbarazzati, entrambi sperando che fosse l'altro ad assumersi il compito di introdurre il motivo della visita.

Alla fine parlarono tutti e due in contemporanea.

«Il fatto è... Maggiore...»

«Vorremmo che ci prestaste tremila sterline!»

Tacquero entrambi. Franks guardò accigliato Jefferson, mostrando il suo biasimo per quell'approccio poco diplomatico, senza tanti giri di parole.

Io scoppiai a ridere.

«Tremila sterline! È un'impresa, giovanotti.» Mi sentivo abbastanza vecchio da poter essere loro padre, e facevo difficoltà a rimanere compassato di fronte ai loro volti mortalmente seri. «Cosa volete fare con tremila sterline?»

Seguì un altro silenzio imbarazzato, poi Jefferson diede una gomitata al suo compagno più anziano.

«Diglielo *tu*, Dicky!», disse con un sussurro roco. «Tu sai spiegare bene le cose.»

Dicky Franks arrossì e corrugò la fronte per un istante, mentre rifletteva. Poi infilò una mano nel taschino della giacca e ne cavò una cartina che riconobbi subito come dell'esercito. In effetti, quando la dispiegò, si rivelò essere la vecchia mappa dello stato maggiore della zona di Mosul. Il giovane mi guardò e si schiarì la gola.

«Maggiore, ricordate che un giorno io e Jefferson ci siamo schiantati sul Jabal Abyad… nel 1918?»

Sorrisi.

«Perfettamente. Se la memoria non mi inganna, sono riuscito a far riconoscere a ciascuno di voi pazzi scriteriati un'onorificenza… per non parlare della seconda stelletta.»

Franks annuì, serissimo in volto.

«Proprio così, maggiore. Be'…» Ebbe un attimo di esitazione, non trovando le parole per continuare. «Il fatto è che non vi abbiamo raccontato tutto di quella caduta.» Si fermò di nuovo, inumidendosi nervosamente le labbra.

«Cosa intendi dire?», chiesi, temo con un tono aspro e severo nella voce. Mi passò spiacevolmente per la testa di essere stato preso in giro, di aver raccomandato i due giovani furbastri sulla base di una storia inventata. Pensai fossero venuti a confessarlo per un rimorso di coscienza. «Non vi siete schiantati sul Jabal Abyad come avete detto?»

Il sorriso di Franks mi sollevò.

«Oh, sì, abbiamo dato una gran bella botta, maggiore… ma non è andata esattamente come abbiamo raccontato. Tutto quello che abbiamo detto è vero, solo che abbiamo omesso alcune cose.»

Il giovane Jefferson annuì vigorosamente per confermare le parole dell'amico.

«È così, maggiore. C'è una parte della storia che all'epoca non abbiamo voluto raccontare. E siamo venuti qui per dirvela adesso.»

Franks lanciò al compagno un'occhiata di monito per indicargli che occorreva prudenza.

«Sì», disse poi, con una certa riluttanza nella voce, come se temesse di tradirsi troppo in fretta. «Vogliamo raccontarvi tutta la storia, maggiore, ma prima mi... ci dovete promettere che qualunque cosa succeda non ne farete parola con nessuno. Giusto, Harry?», aggiunse rivolto al giovane Jefferson, in cerca del suo sostegno.

«Sappiamo che di voi possiamo fidarci, maggiore», intervenne Jefferson.

«Ma certo!», esclamai, sedendomi di nuovo sulla mia poltrona e accendendo anch'io una sigaretta. «Manterrò il vostro segreto, qualunque esso sia. Su, sparate... e basta con questo 'maggiore'! Sono un civile adesso, e mi chiamo Ogilvy.» Sorrisi, nel tentativo di metterli a loro agio.

Franks riprese il racconto, rassicurato.

«Bene, maggiore... scusate... signor Ogilvy», disse con un risolino per esserci subito ricascato, «siamo andati giù due volte durante la ricognizione sul Jabal Abyad...»

«Due volte?», chiesi sorpreso. «Avete parlato di una sola caduta quando mi avete fatto rapporto.»

«Lo so, maggiore... signor Ogilvy», rispose Franks. «È proprio questo il punto. È dell'altra che siamo venuti a parlarvi.»

«Vai avanti. Ti ascolto.»

«Be', i dettagli di quel volo non sono importanti», tagliò corto, giocherellando nervosamente con la mappa che aveva sulle ginocchia. «Ricorderete che ci era stata data libertà di manovra nel condurre la ricognizione sul Jabal Abyad, per vedere se i turchi si fossero nascosti in qualche valle. C'era un tempo eccezionale per l'osservazione – limpidissimo –, ma sorvolammo l'area per tutta la mattina senza trovarne traccia.

«Pattugliammo ancora un po' verso nordovest prima di tornare alla base, scandagliando i crepacci in lungo e in largo. Tutto d'un tratto ci accorgemmo di essere finiti nel bel mezzo di uno di quei violenti temporali che lì in mezzo alle montagne si scatenavano in un attimo dal nulla. Era un pessimo posto per farsi sorprendere da una tempesta. Eravamo più o meno nel mezzo della catena montuosa e stavamo percorrendo un vallone, con l'aereo a trecento metri o giù di lì al di sotto delle vette che avevamo su entrambi i lati. Feci immediatamente una cabrata per alzare il muso dell'aereo e, mentre salivamo al di sopra dell'avvallamento in cui ci trovavamo, quella dannata vecchia carriola ci abbandonò! Il motore si spense completamente. L'ideale, quando sei tra le montagne in mezzo a un temporale!

«Vidi la lancetta del barografo girare all'impazzata mentre perdevamo quota e... credetemi, pensai che per noi fosse finita. Eravamo già ridiscesi al di sotto delle vette sulla nostra sinistra. Il fondovalle era pieno di massi. All'improvviso vidi un'ampia cengia che sporgeva dal fianco della montagna, una terrazza larga due, trecento metri. Era quasi sotto di noi quando la individuai, un tratto di roccia liscia e senza ostacoli. Mi ci diressi d'istinto – non c'era tempo per pensare – nell'attimo in cui un secondo lampo abbagliò tutto l'aereo. Puntai il muso verso la sporgenza e, proprio mentre la pioggia cominciava a scendere a catinelle, toccammo terra e rullammo lungo di essa. Sterzai per posizionare la testa dell'aereo contro le raffiche di vento che si rifrangevano sul fianco della montagna, e riuscii a tenerlo in piedi per miracolo.

«Saltammo giù con i fulmini che ci guizzavano attorno da tutte le parti e la pioggia che scendeva come una cascata. Sembrava un posto impossibile dove trovare riparo, per il quale in quel momento avremmo scambiato la nostra prossima licenza, il che la dice lunga su com'era stare in Mesopotamia. All'improvviso, proprio davanti a noi, individuai l'imbocco di una caverna. Ci precipitammo tutti e due dentro, come conigli in una tana.

«Era davvero una caverna e lì restammo, al riparo dal temporale e dai fulmini che si scatenavano attorno all'aereo. Le nostre possibilità di fare ritorno sembravano piuttosto flebili in quel momento, non stento ad ammetterlo. Se la vecchia carretta fosse stata folgorata, non avevamo una sola chance di riuscire a scendere da quella montagna. Ci guardammo alla luce dei lampi e tutti e due pensammo di esplorare la caverna per distogliere la mente dalle spiacevoli evenienze che si prospettavano là fuori.

«Era una grande cavità dal soffitto molto alto, e la prima cosa che ci colpì fu che le pareti erano state levigate dalla mano dell'uomo: i segni dello scalpello erano ancora visibili. Piuttosto sorprendente, dato che il posto sembrava assolutamente inaccessibile. Concludemmo dunque che, se qualcuno si era preso la briga di arrampicarsi fin lassù per levigare le pareti di una grotta, doveva avere un'ottima ragione per farlo. Entrambi avevamo delle torce elettriche nei giubbotti, così ci muovemmo per cercare di scoprirla.

«Non ci volle molto. Venti o trenta metri più all'interno c'erano tre tombe enormi – si chiamano sarcofagi, giusto? –, appoggiate su piedistalli di pietre squadrate. Erano completamente scolpite con varie figure e sormontate da lastre di roccia a mo' di tetto. Almeno, due di esse lo erano. Capimmo subito che non eravamo stati i primi a scoprire quelle tombe, qualcuno ci aveva preceduti. Il coperchio della prima era infatti stato tolto e si trovava su un lato del sarcofago, e da sotto il bordo spuntava uno scheletro con a fianco una sbarra di ferro. Evidentemente, quando l'uomo era riuscito a rimuovere il coperchio, questo gli era caduto addosso e lo aveva ucciso.

«Devo confessare che eravamo molto eccitati quando siamo saliti sul piedistallo e abbiamo puntato le torce su quella tomba. Il defunto che la occupava originariamente c'era ancora, o almeno, ne rimanevano delle ossa. Ma non era quello che attrasse la nostra attenzione. Attorno allo scheletro c'erano mucchi di ornamenti in frantumi e altri oggetti, e il corpo giaceva su quelli che all'inizio scambiammo per mattoncini disposti ordinatamente. Guardate!» Estrasse dalla tasca una piccola barretta e me la porse. «Che cosa ve ne pare?»

La presi incuriosito. Era di metallo giallo e pesante.

«Per Giove!», esclamai. «Questo è oro puro!» La feci girare tra le dita e vidi che su uno dei lati c'era un cartiglio ovale goffrato di figure geroglifiche. «Vi siete imbattuti nel corredo funebre di qualche vecchio re assiro, ragazzi miei!» Per natura non sono molto propenso all'entusiasmo, ma in quel caso non riuscii quasi a controllare l'eccitazione.

«Che avventura straordinaria!»

Franks annuì con aria molto seria.

«Quanto reputate che potrebbe valere?», chiese.

Lo soppesai nella mano: era poco meno di un chilo.

«Circa centocinquanta sterline, a occhio e croce», azzardai.

«Allora, maggiore, cioè signor Ogilvy, solo in quella tomba ci saranno centocinquantamila sterline in oro! Abbiamo contato i mattoncini dello strato superiore e ce n'erano circa duecento, e abbiamo stimato fossero almeno cinque strati. Sono tutti delle stesse dimensioni. Anche Jefferson ne ha uno.»

Anche il giovane Jefferson tirò fuori un mattoncino d'oro dalla tasca. Era identico al primo. Li misi uno accanto all'altro sulla mia scrivania.

«Immagino che ve ne siate riempite le tasche?», dissi, interessatissimo e un filo invidioso. «Che fortuna sfacciata, ragazzacci!»

I due si guardarono con l'aria un po' mortificata. Poi Franks si mise a ridere.

«Be', a dire la verità, maggiore, all'improvviso provammo una gran paura. Da qualche punto buio della caverna provenne un lamento dei più orrendi. Era davvero inquietante, soprattutto dopo aver visto quello scheletro schiacciato sotto la lastra. Senza pensarci due volte tagliammo la corda verso l'entrata, spaventati a morte. Ci restò solamente un mattoncino per uno, quelli che ci eravamo infilati in tasca, e un pezzo della lastra, che Jefferson aveva in mano quando avevamo sentito quel rumore.»

Jefferson aprì il pacco che teneva in mano.

«Eccola qui», disse, passandomelo. Il frammento, su cui era ritratta parte di un toro alato, era inciso con dei caratteri a me sconosciuti, ma evidentemente molto antichi.

«E poi cos'è successo?», chiesi.

«Be', il temporale era finito. Fuori splendeva il sole e nessuno dei due se la sentiva di tornare in quella caverna buia. Avevamo i nervi a pezzi. Armeggiammo un po' con il vecchio motore: era solo un propulsore che si era intasato. Decollammo da quella cengia il più velocemente possibile.»

«Avete lasciato lì quel tesoro?», chiesi, senza tentare di nascondere la mia sorpresa.

Jefferson fece una risata da ragazzino.

«Immagino che in quel momento lo avreste lasciato anche voi, maggiore», rispose. «Quel lamento infernale non era uno scherzo, mi sono sentito rivoltare dentro quando l'ho udito. Era come se ti attraversasse il corpo! Brrr!» Rabbrividì. «Suppongo che fossimo un po' sovraeccitati», aggiunse, quasi per scusarsi. «Ce l'eravamo vista brutta prima di atterrare su quella sporgenza.»

«Andate avanti», dissi, annuendo comprensivo. «Com'è andata a finire?»

«È tutto, com'è poi andata lo sapete già», concluse Franks. «Proprio quando stavamo uscendo dalle montagne, il motore ci abbandonò di nuovo e ci schiantammo. Il resto è successo esattamente come lo abbiamo riferito.»

«E l'oro è ancora là?»

«Per quanto ne sappiamo, sì. Non abbiamo mai avuto la possibilità di tornarci.» Franks si alzò dalla poltrona, si avvicinò alla mia scrivania e ci allargò sopra la mappa. Posò il dito su una croce segnata con l'inchiostro in mezzo all'intricata area marrone della catena montuosa. Sembrava un punto praticamente inaccessibile. «È qui!», disse. «Pensateci! Quasi mezzo milione di sterline in oro massiccio che aspetta solo noi! Vale la pena di provarci, no, maggiore?»

«State dando per scontato che anche le altre tombe ne contengano una quantità equivalente», feci, raffreddando un po' del suo entusiasmo nel tentativo di controllare le fantasie folli che mi stavo facendo anch'io. «E non vi rendete conto delle difficoltà. Per raggiungere quel posto bisognerebbe organizzare una spedizione lunga e molto pericolosa. Tutta quella parte del paese è diventata peggio che mai, dopo l'armistizio. È abitata da curdi selvaggi, per i quali tagliarvi la gola sarebbe un atto di virtù. Inoltre, dalla vostra descrizione, arrivare a quella cengia sarebbe una prodezza alpinistica non indifferente.»

«Quasi impossibile, direi», convenne allegramente Franks. «Non riesco a immaginare come sia arrivato fin lassù quel povero diavolo che è rimasto schiacciato sotto la lastra... o come abbiano fatto a mettere lì le tombe, se è per questo. Forse successivamente c'è stata una frana. Ora come ora nessuno potrebbe arrampicarsi fino a quella cengia, questo è poco ma sicuro.»

«E allora come proporreste di arrivarci?», chiesi.

I due giovani si scambiarono un sorriso divertito, di fronte alla mia ingenuità.

«In aereo, ovviamente!», risposero, tutto d'un fiato.

«Quindi è per questo che mi state chiedendo tremila sterline?», domandai con un sorriso non così cinico come avrei voluto: il fascino di quell'avventura mi aveva già stregato più di quanto pensassi.

Sì, era per quello. Parlandosi sopra trafelati, mi spiegarono che avevano già trovato l'aereo ideale, un ex bombardiere dell'esercito progettato per trasportare fino a quattro tonnellate di esplosivo, che era stato predisposto per un volo in India poi annullato all'ultimo momento. All'interno disponeva di un'ampia sala in cui noi – mi avevano incluso nella spedizione dando già per assodato il mio assenso, con una tranquillità straordinaria – avremmo potuto mangiare e dormire comodamente. Avrebbe potuto trasportare facilmente il carico di oro – che avevano stimato in tre tonnellate – e aveva un serbatoio sufficiente per il viaggio. Mi offrirono un terzo del tesoro se avessi finanziato la spedizione. A dirla tutta, in effetti, desideravano sinceramente che li accompagnassi.

«Non così in fretta», replicai. «Ho un'attività che non posso lasciare tanto facilmente.»

«Ogni tanto vi prenderete pure delle vacanze, no?», controbatté Franks. «Nel giro di due settimane saremo di ritorno.»

Il risultato fu che, un'ora dopo, se ne andarono con un mio assegno da duemila sterline per l'acquisto immediato dell'aeroplano, e io – che mi ero ormai impegnato in via definitiva in quella che, una volta rimasto solo, mi parve un'avventura folle – rimasi sulla poltrona, a fumare la pipa e a osservare l'iscrizione misteriosa incisa sul frammento di pietra. Non mi diceva nulla, naturalmente, ma non potevo fare a meno di interrogarmi sul suo significato. Provavo il desiderio – piuttosto agghiacciante in verità – di sapere almeno di chi fosse la tomba che ci accingevamo a saccheggiare.

Mi venne in mente di portare il reperto al dipartimento assiro del British Museum, ma poi un'idea più felice seguì a ruota la prima. McPherson, del mio club! Se c'era qualcuno in grado di decifrare l'iscrizione, quello era il vecchio Mac! Aveva dedicato i migliori anni della sua vita all'archeologia assira. Avvolsi la lastra di pietra nella carta marrone di Jefferson e cinque minuti dopo ero su un taxi diretto al club.

Come previsto, McPherson era lì. Andai dritto al punto e, senza dirgli come mi fosse capitato tra le mani quel frammento, aprii il pacco e gli chiesi se poteva decifrare l'iscrizione. Prese in mano la pietra con il vivo interesse dell'uomo di scienza di fronte a un nuovo oggetto di studio, la esaminò attentamente facendosela passare tra le mani e poi annuì vigorosamente.

«Un pezzo molto interessante, signor Ogilvy!», disse. «Molto interessante! Il British Museum sarebbe davvero contento di averlo. Dove lo avete preso?»

«Non importa dove l'ho preso», risposi. «Siete in grado di decifrare l'iscrizione?»

«Senza problemi, amico, senza problemi!», disse. «Non mi crea nessuna difficoltà. È troncata, incompleta, naturalmente. Ma il contenuto è chiaro come se fosse stampata. È in carattere cuneiforme comune, variante medio-assira. Direi che si può datare attorno al 1500 avanti Cristo.»

«Interpretatela dunque, maestro!», lo incitai io.

Lui si aggiustò gli occhiali e, seguendo col dito i

segni simili a chiodi, da sinistra a destra, tradusse nel modo seguente: «'Io Sarchon, re dei re, figlio di Nimrot, re dei re, che qui giaccio, dico: non venite ad aprire questa tomba. Colui che rimuoverà la pietra che mi ricopre perirà e non troverà pace nel suo sepolcro, su di lui non splenderà il sole né conosceranno il suo destino i suoi consanguinei.' Non c'è altro», disse McPherson, guardandomi attraverso le lenti.

«A quel punto l'iscrizione si interrompe.»

«Lo leggete come se fosse un libro!», dissi ammirato.

«Ah!», fece lui. «È abbastanza facile, non presenta passaggi di particolare difficoltà. Ci sono centinaia di iscrizioni come questa. La differenza è che appartiene a un re, tutto qui. L'interesse è nel nome del monarca, per il resto è abbastanza comune.»

Pensai allo scheletro incastrato sotto la lastra nella caverna buia.

«*Davvero?*», chiesi, con un'enfasi che lo indusse a guardarmi incuriosito.

Mi rivolse un sorrisetto strano.

«Fate attenzione se andate a scavare in quelle tombe, giovanotto», mi avvisò.

Tutt'altro che incline a sottopormi all'interrogatorio che ovviamente aveva sulla punta della lingua, trovai una scusa per chiudere in fretta la conversazione. Tuttavia, uscendo dal club, il mio entusiasmo per quell'avventura era notevolmente evaporato. Non potevo fare a meno di vedermi davanti agli occhi il dannato scheletro dell'uomo con la spranga di ferro.

II

Non mi soffermerò qui sui dettagli della nostra preparazione per il volo. Basti dire che nel giro di una settimana Franks e Jefferson avevano portato l'aereo sul terreno della casa che avevo acquistato da poco nella campagna fuori Londra. In assenza di un hangar, alcuni teloni fissati saldamente lo proteggevano sia dagli elementi atmosferici che dalla curiosità degli abitanti del luogo. Per quanto poteva giudicare il mio occhio inesperto, era un bellissimo velivolo, perfettamente adatto al nostro scopo; nei serbatoi aveva abbastanza carburante per cinquanta ore di volo e se ne poteva stivare dell'altro all'interno. La tanica poteva contenere settecentocinquanta litri d'acqua, elemento di vitale necessità nel deserto. C'era ampia disponibilità di stoccaggio per tutte le provviste che ci potevano servire. I due ragazzi erano in estasi, tanto era l'entusiasmo per quel mezzo, ma io devo confessare che, da novellino di quella modalità di viaggio, guardavo con considerevole soggezione, da sotto l'ampia apertura alare, la cabina che doveva condurci al di sopra delle nuvole per migliaia di miglia, fino alle montagne oltre il deserto della Mesopotamia che sembravano, viste dalla campagna inglese, fantasticamente irreali nella loro lontananza.

Ma nelle due settimane successive non ci fu molto tempo per rimuginare. Il dado era tratto. Non potevo tirarmi indietro dignitosamente, nemmeno se lo avessi voluto, e confesso che talvolta mi lasciavo affascinare da quell'avventura tanto quanto i due giovani piloti. Mantenemmo il maggior riserbo possibile sul progetto. Alle domande ufficiali che non potevamo evitare rispondevamo con la storia di un trasporto privato in India.

La nostra rotta era suddivisa in facili tappe: seicentocinquanta miglia per arrivare a Marsiglia il primo giorno, seicento per Messina e ottocento per Alessandria d'Egitto. Di lì, spingendoci arditamente verso nordest, avremmo potuto, partendo all'alba, percorrere le milletrecento miglia finali che ci separavano dalla nostra destinazione in un'unica tirata, se le circostanze fossero state favorevoli. Altrimenti avremmo potuto fermarci nel deserto per una notte. Ovviamente Franks e Jefferson si offrirono di pilotare l'aereo a turni alterni. Il mio ruolo era quello di cuoco e steward. E nell'eventualità di problemi con le tribù del deserto, nel caso avessimo dovuto discendervi, naturalmente ci eravamo procurati armi e munizioni, oltre agli strumenti necessari per aprire le tombe.

Alla fine tutto era pronto. Non dimenticherò mai il fremito con cui, nella freschezza luminosa di un mattino d'estate inglese, vidi il grande velivolo, spogliato delle sue ultime protezioni, pronto sul tappeto erboso in attesa della partenza. Franks era già seduto nella sua postazione di pilotaggio, e prima un motore e poi l'altro rombarono profondamente mentre lui li provava, appiattendo l'erba sottostante con il flusso d'aria prodotto dalle eliche. Jefferson si stava arrampicando sopra le ali per un controllo dell'ultima ora di ogni sostegno e montante. Io salii la scaletta ed entrai in cabina. Il mio maggiordomo, scuro in volto per la sua disapprovazione di quei moderni marchingegni ma doverosamente risoluto ad accompagnarmi fino all'ultimo momento, tirò via la scaletta e mi gridò «Arrivederci, signore», con un tono fortemente allusivo a un addio per l'eternità. Lo vidi ritrarsi per schivare l'aria delle eliche in accelerazione. «Pronti!», urlò Jefferson tutto allegro, scendendo all'interno dalle ali.

I motori salirono di giri con un rombo sincronizzato assordante. Attraverso i finestrini vidi l'erba schizzare via e sparire alla vista. Gli alberi attorno a casa mia all'improvviso si abbassarono: eravamo per aria! La casa e gli alberi si allontanarono mulinando da noi mentre salivamo con una lunga manovra sopra la figura rimpicciolita del maggiordomo che salutava con ampi gesti. Riapparvero, molto al di sotto di noi, come minuscoli giocattoli. Poi sparirono dalla nostra vista, lasciati alle spalle. Passammo rombando sopra un mosaico di campi in miniatura, diretti – era quasi inconcepibile –, dopo aver sorvolato terre e mari lontani, verso i vasti spazi del deserto e verso quelle montagne di cui tanto avevamo parlato, che nella mia immaginazione si profilavano minacciose oltre la sua dorata immensità.

III

Mosul, sulla sponda più vicina dell'azzurro Tigri che si biforca attorno alle sue isole, abbacinante tra il verde della sua vegetazione, apparve davanti a noi. Dall'altra parte del fiume, chiaramente visibili, vi erano le collinette che coprivano tutto ciò che rimaneva della gloria dell'antica Ninive, la città dove forse, trentacinque secoli prima, erano stati forgiati a colpi di martello i mattoncini d'oro che avevano richiamato il nostro trio dal cuore di un impero lontano, ancora più grande di quello che un tempo lì era stato la massima espressione della civiltà umana. Franks e Jefferson si sorrisero lanciando un'occhiata alla moschea bianca sotto di noi, mentre cercavano di orientarsi sopra la massa indistinta di colline boscose a nord e a est di Mosul, in direzione di uno stupendo picco innevato – il Judi Dagh, ne ricordavo il nome –, che si ergeva in lontananza sopra l'infinito marasma di aspre montagne frastagliate che si estendeva in lungo e in largo per poi risalire, fin dove l'occhio poteva arrivare, fino ai recessi della Persia. Ero in piedi dietro ai due giovani nella cabina di pilotaggio, aguzzando la vista verso la nostra destinazione. In quale di quelle gole che fendevano le alture era stata ricavata la tomba dei tre re sulla loro altissima terrazza?

Proseguimmo accelerando. Oltre la prima catena di montagne, una vallata si addentrava in una conca verde dove case bianche spiccavano tra gli alberi: Amadiya! La sorvolammo virando a nordovest e poi a ovest, verso altre colline spoglie. I nostri piloti stavano seguendo il loro percorso originario. Un silenzio quasi di morte sembrava covare sopra quella sterile e desolata distesa di rupi e macigni. Il rombo dei motori ne riportava l'eco con un rumore alieno, mentre planavamo al di sotto delle vette per scrutare un vallone dopo l'altro.

Improvvisamente, Jefferson indicò un punto davanti a noi, stringendo la spalla del suo commilitone seduto ai comandi. «Eccola!»

Guardai, con un fremito di eccitazione. Là, davanti a noi, trecento metri o anche più al di sotto della vetta di una montagna, ma migliaia di metri sopra il letto del fosco burrone che scendeva a precipizio da essa, si estendeva una lunga e ampia terrazza, ovviamente creata artificialmente. Le virammo sopra, iniziando una prudente discesa. Non doveva essere uno scherzo ritrovarsi in mezzo a un'improvvisa raffica di vento in un posto simile. Il rombo dei motori cessò di colpo. Con il suo venire meno, un silenzio inquietante ci avvolse. Nessuno di noi parlò. Potevo sentire il cuore che mi batteva nel petto. Il muso dell'aereo si abbassò e la roccia si precipitò verso di noi, diventando un muro sulla nostra sinistra. Sotto di noi la terrazza liscia, sempre più grande a ogni secondo che passava, si avvicinava e si allargava. I motori ripartirono con un breve, rapido rombo che continuò a riecheggiare all'infinito dopo il loro repentino spegnimento. Virammo verso la montagna, toccammo la cengia di traverso e la percorremmo sfiorando il suolo, poi rallentammo e ci volgemmo perpendicolarmente alla parete rocciosa, fermandoci a meno di trenta metri da essa. Eravamo arrivati!

Come tre scolaretti impazienti, balzammo giù dall'aeromobile, correndo lungo la parete di roccia. A una prima occhiata notai qualcosa che i miei compagni, troppo preoccupati dal temporale, non avevano visto durante la loro prima visita. La parete a strapiombo sopra di noi era una galleria di antica arte assira. Grandi tori alati, colossali figure umane dalla testa d'aquila, in bassorilievo, dominavano un'interminabile successione di scene scolpite, delle miniature in confronto, raffiguranti le guerre e le conquiste di un impero scomparso.

Un grido di Franks, più avanti rispetto a noi, ci avvertì che aveva trovato l'entrata della caverna. Due enormi tori dalla testa umana inarcavano le loro ali sopra l'apertura. Tutti e tre ci fermammo sul portale. Un improvviso timore reverenziale ci prese mentre sbirciavamo dentro, nell'oscurità, con la sensazione di un'indefinibile presenza che pervadeva l'atmosfera.

«Ascoltate!», sussurrò Franks, afferrandomi il braccio.

Dall'interno provenne un lamento lungo e strano che si intensificò e poi si dissolse. Corremmo indietro, colti improvvisamente da un terrore primordiale. Poi, quando sulla terrazza solitaria scese di nuovo il silenzio, avanzammo un'altra volta cautamente verso l'entrata.

Un venticello faceva turbinare la polvere ai nostri piedi mentre indugiavamo sotto l'arco di quelle ali possenti. Di nuovo, quello strano lamento si levò tetro dalla caverna. Le mie facoltà mentali, accese dall'eccitazione, trassero un'associazione di idee.

«Va tutto bene!», gridai ai miei compagni. «Va tutto bene! Non c'è niente di cui avere paura.»

Quegli antichi, abili artigiani, similmente a quelli che avevano realizzato i colossi di Memnone in Egitto, avevano scavato la roccia dandole proprietà acustiche tali che un minimo alito di vento giunto all'interno vi risuonava ingigantito, come soffiato da una tromba, con quel gemito misterioso, magistralmente concepito per inquietare anche i meno superstiziosi. Lo spiegai ai due ragazzi.

«Va tutto benissimo», disse Franks, «ma propongo di tornare alla nostra vecchia carriola e mangiare qualcosa prima di arrischiarci lì dentro. Abbiamo tutto il tempo che vogliamo. Ci sentiremo molto meglio dopo esserci riempiti la pancia. Cosa ne dici, Harry?»

«Sono d'accordo con te», rispose Jefferson. «Dobbiamo comunque mangiare. E, personalmente, voglio entrare in quella caverna il meno possibile e finire quello che dobbiamo fare al più presto. Certo, potrebbe essere solo il vento, ma non mi piace lo stesso. Inoltre dobbiamo tornare all'aereo per prendere i piedi di porco.»

Fu un bene decidere in tal senso. Ansiosi come eravamo di scoprire l'entrata della caverna, avevamo scordato di bloccare in qualche modo l'aereo. Mentre ci avvicinavamo, notammo che sembrava più lontano dalla parete rocciosa di come lo avevamo lasciato. Un attimo dopo una raffica di vento, rimbalzando sulla superficie in bassorilievo, lo spostò in modo evidente verso lo strapiombo, a poche centinaia di metri alle sue spalle. Dicky Franks eclissò me e Jefferson con la sua presenza di spirito. Mentre noi due fissavamo l'aereo sbigottiti, si lanciò verso di esso e saltando sopra l'ala inferiore entrò nella cabina di pilotaggio e avviò i motori. Lo fece rullare dolcemente indietro e io e Jefferson lo assicurammo con delle corde ad alcune sporgenze della roccia.

Quando Franks scese dal velivolo e ci raggiunse, era livido in volto.

«Stanno cercando di ucciderci!», disse con voce roca, resa malferma dalla sincera paura.

«Sciocchezze, Dicky!», replicai io. «È stato solo il vento.»

Si voltò verso di me.

«Il vento di qui è troppo dannatamente intelligente per i miei gusti!», esclamò. «Vi dico che ho una strana sensazione...»

«Se ce l'hai tienila per te, ragazzo!», lo interruppi bruscamente. «Rischi di far venire dei ripensamenti a tutti con la tua immaginazione malata. Non abbiamo percorso più di tremila miglia fino a questa caverna per farci scoraggiare da fantasie superstiziose una volta qui.»

«Il maggiore ha ragione, Dicky», disse Jefferson. «Avevamo stabilito di tornare a prendere quell'oro, e adesso ci siamo. Andiamo fino in fondo. Mangiamoci un boccone e poi... al lavoro!»

Franks rimase in silenzio. Si vedeva che era molto scosso. Ciononostante, durante il pasto nell'ampia sala dell'aereo, ritrovò la sua allegria.

«Avremo bisogno di accamparci, maggiore», disse. «Almeno per questa notte. Non possiamo spostare tre tonnellate d'oro prima che faccia buio.»

«Tre tonnellate!», mormorò il giovane Jefferson. «Santi numi! Tre tonnellate d'oro... Pensateci! Ci vorrebbe un fantasma bello grosso per farmi rinunciare a tre tonnellate d'oro!»

Dicky si accigliò, ma non fece commenti.

«Sì, dovremo certamente pernottare qui», concordai io. «Ma cercheremo di caricarne quanto più possibile finché c'è luce.»

«Assolutamente», disse Dicky. «Quando volete, io ci sono. Propongo di iniziare dalla tomba che è già aperta.» Ebbe un momento di esitazione, come se si vergognasse un po' di quello a cui stava pensando. «Tra l'altro, maggiore, vi siete portato dietro il testo dell'iscrizione?» Il suo tentativo di chiederlo en passant non ebbe molto successo.

Lo fulminai con lo sguardo. Ma non intendeva desistere.

«Mi fate dare un'occhiata, per favore?», disse.

Non potevo rifiutarglielo. Tirai fuori di tasca il foglio dove mi ero appuntato l'interpretazione di McPherson di quella minacciosa incisione, e glielo porsi.

«Io Sarchon, re dei re, figlio di Nimrot, re dei re, che qui giaccio, dico: non venite ad aprire questa tomba. Colui che rimuoverà la pietra che mi ricopre perirà e non troverà pace nel suo sepolcro, su di lui non splenderà il sole né conosceranno il suo destino i suoi consanguinei.»

Sentita ad alta voce, e benché letta con tono calmo, la minaccia parve particolarmente impressionante in presenza di quei mostri di pietra ineffabilmente placidi visibili, dai finestrini dell'aeromobile. Il loro silenzio assoluto sembrava eloquente. Dicky alzò gli occhi dal foglio.

«Voi pensate, maggiore... supponendo per esempio che in questa scritta ci sia del vero... – non penso neanche per un istante che ci sia, ma solo supponendo – pensate che la maledizione si sia già compiuta, per quanto riguarda la prima tomba? Mi riferisco allo scheletro sotto la lastra. Se quel povero diavolo ha già pagato il pegno – visto che parla solamente di 'aprire la tomba' –, allora dovremmo essere abbastanza tranquilli prendendo il tesoro che contiene. Cosa ne pensate? Dentro ci troveremo già così tanto che non varrà la pena di disturbare le altre.»

«Chiudi quella boccaccia, Dicky!», esclamò Jefferson. «Mi fai venire i brividi.» E non era l'unico ad averceli. Dovevamo interrompere immediatamente quei discorsi. L'isolamento totale nel quale ci trovavamo non era l'ideale per indulgere in quel genere di elucubrazioni fantasiose.

«Certo, svuoteremo la tomba già aperta per prima», dissi, ostentando una fredda imperturbabilità. «Ma mi piacerebbe poterne aprire una delle altre prima che scenda la notte. Questa cengia non è un posto dei più sicuri per l'aereo ed è meglio non rimanerci un secondo in più del necessario. Se dovesse arrivare una bufera mentre siamo qui, sarebbe estremamente problematico, per non dire di peggio. Come sapete, talvolta dalle montagne si alza un vento gelido che soffia con la forza di un uragano, nella sua corsa verso le bollenti pianure desertiche.» Ero determinato a dare spiegazioni razionali a qualunque cosa succedesse o potesse succedere.

Jefferson saltò su da dov'era seduto.

«Mettiamoci subito al lavoro, maggiore! Forza, Dicky! Scommettiamo che sarò io il primo ad affrontare con un sasso qualsiasi vecchio fantasma si presenti: chi perde pagherà una cena al Savoy quando saremo tornati!» Rise con l'entusiasmo di un giovincello. «Forza, compagni! Da questa parte per la caccia al tesoro dei pirati! Dove sono i nostri bei salvadanai?»

Gli ero grato per la sua giocosa esuberanza. Dicky in effetti sorrideva mentre ci alzavamo a nostra volta da tavola. Pochi minuti dopo, con l'aeroplano saldamente fissato dietro di noi, ci dirigevamo verso la caverna, trasportando due casse da munizioni con manici di corda: i «salvadanai», come li aveva chiamati Jefferson, che ci eravamo portati dietro per metterci il tesoro.

Dopo un buon pranzo, ringalluzziti da una bottiglia delle migliori, l'entrata buia della caverna non ci parve più così temibile. Ignorammo i grandi tori androcefali mentre penetravamo al suo interno, con Jefferson che, sfidando le nostre paure di poco prima, canticchiava il ritornello dell'*Isola del tesoro* di Stevenson:

«Quindici uomini sulla cassa del morto,
Il bere e Satana li ha spediti in porto, yo-ho-ho,
e una bottiglia di rum per conforto!

Da questa parte per la caccia al tesoro dei pirati, signori! Visite personalizzate guidate da esperti ufficiali britannici! Compreso nella quota l'omaggio di autentici scheletri! Liberi di servirvi! A vostro rischio e pericolo! Yo-ho-ho! E una bottiglia di rum per conforto! Da questa parte per la caccia al tesoro dei pirati!»

Franks interruppe la declamazione tra il serio e il faceto del compagno.

«Stai zitto, Harry!», esclamò irritato. «Non c'è proprio niente da scherzare! Dopo tutto...» Non concluse la sua riflessione. Sapevo che stava pensando al cacciatore di tesori che ci aveva preceduto.

Dall'interno della caverna giunse di nuovo quel lungo, strano lamento. Lo ignorammo risoluti, accendendo le nostre torce mentre ci addentravamo nella gelida oscurità.

«Quegli antichi artigiani hanno fatto un gran lavoro con l'acustica di questo posto», dissi, con un'ostentazione di indifferenza non del tutto corrispondente alle mie sensazioni. «Avete notato quel piccolo soffio di vento?» Tra me e me mi dissi che rabbrividivo anche solo per il gelo di quell'antro dimenticato dal sole.

«È stato il vento, vero?», chiese Franks con una vocina strana.

Proseguimmo in silenzio finché giungemmo alla prima tomba. Lì, proprio come descritto dai due ragazzi, c'era il coperchio appoggiato obliquamente al suolo... e sotto di esso le ossa spolpate dello scheletro, con la sbarra di ferro a fianco.

Demmo soltanto una scorsa superficiale a quei resti sventurati e alle incisioni, indubbiamente interessanti, sull'esterno del sarcofago. L'eccezionalità del suo contenuto tanto immaginato, finalmente a portata di mano dopo quel lungo viaggio, non ci lasciava pensare ad altro che ad appropriarcene. In quel momento capii perfettamente la folle febbre dell'oro di cui avevo letto nei racconti dei primi scavi. Penso che avremmo potuto uccidere all'istante chiunque si fosse frapposto tra noi e il tesoro. Fui sorpreso dall'espressione dei miei compagni d'avventura quando li vidi illuminati dal fascio di luce della mia torcia. Non sembravano più ragazzi. I loro occhi rilucevano voraci e sembravano due vecchi, smunti e bramosi. La loro metamorfosi mi scioccò, nell'istante in cui vi prestai attenzione. Senza dirci una parola, ma completamente concentrati, salimmo tutti e tre sul piedistallo della tomba. Il lungo lamento spaventoso proveniente dal buio della caverna questa volta trovò solamente orecchie sorde o noncuranti. Eravamo così eccitati che nemmeno uno spettro ci avrebbe distolti.

Puntammo le torce dentro al sarcofago. La fastidiosa paura che aveva continuato ad aleggiare in qualche angolino della nostra mente, e che nessuno aveva osato esprimere, si dissolse istantaneamente. La luce si rifletté con un debole bagliore sul letto di metallo prezioso, sul quale giacevano alcuni frammenti sbriciolati di ossa e bende cerate. Il tesoro era ancora lì! Due soli dei fitti mattoncini d'oro mancavano all'appello.

«Urrà!», gridò Jefferson, la cui voce riecheggiò misteriosamente sotto la volta della grotta. «L'antico gentiluomo l'ha conservato per noi! E adesso, signori...» Allungò una mano impaziente e tirò fuori un mattoncino. «Una volta a bordo della vecchia carriola, il tesoro sarà nostro!»

«Conviene che uno di noi stia giù e lo sistemi nelle casse», dissi. «Gli altri due glielo passano».

«Lo sistemo io», rispose Franks, che stava evidentemente facendo uno sforzo immane per controllarsi. Notai che alzò gli occhi apprensivo, quando per l'ennesima volta quel gemito sinistro sembrò alitarci nelle orecchie. Il giovane si affrettò ad abbassarsi sul pavimento della caverna e a prendere i lingotti d'oro che gli passavamo per sistemarli ordinatamente nelle casse.

Lavoravamo tutti in silenzio e con una curiosa fretta istintiva, come chi ha paura di poter essere interrotto. Nella caverna sperduta tra gli eremi delle montagne, tuttavia, non si muoveva una foglia, neppure un pipistrello addormentato. I nostri vaghi timori si dissiparono mentre lavoravamo senza interferenze, visibili o invisibili. Jefferson iniziò persino a fischiettare.

Riempite le due casse, tutti e tre – con il più forte Dicky nel mezzo – le trasportammo incespicando all'aereo. Era sorprendente quanto pesassero. Tutto era perfettamente a posto quando vi arrivammo, l'apparecchio non si era minimamente spostato.

Salimmo a bordo e mettemmo le casse nella stiva. Mentre scendevamo di nuovo con altre due casse vuote per il carico successivo, notai che il sole stava già tramontando dietro le creste più alte dell'irregolare catena che ci circondava.

«Riusciremo solamente a svuotare la tomba iniziale prima che faccia buio», dissi, con una certa ansia. «E dovremo sbrigarci per farcela.» Non mi allettava per niente la prospettiva di trascorrere due notti su quella cengia pericolosa.

Ci affrettammo a tornare alla caverna e lavorammo alacremente. Carichi come muli, facemmo avanti e indietro varie volte fino all'aeroplano. Liberavamo uno dopo l'altro gli strati di mattoncini e li stipavamo nelle casse. Ce n'erano di più di quanti credevamo, sette strati anziché cinque (avrei dovuto immaginare che ce ne sarebbe stato un numero sacro). Era già notte fonda quando, stravolti dalla stanchezza, arrancammo con l'ultimo carico verso la nostra ormai familiare base. La luce che avevamo lasciata accesa dietro i finestrini della sala ci accolse con una piacevole promessa di sicurezza e comfort. Quegli ultimi viaggi mentre scendeva il buio erano stati decisamente angoscianti.

Eravamo tutti di buon umore, in ogni caso, quando ci sedemmo attorno al tavolo per cenare nella sala e brindammo alla nostra buona sorte con un'altra bottiglia. Gongolanti, andammo a rimirare la pila di forzieri del tesoro nella stiva tra le ali. Jefferson, tipico di lui, dubitò che lo spazio a disposizione fosse sufficiente a contenere il bottino che avremmo ricavato dalle altre due tombe.

«Non preoccuparti, un posto da qualche parte

glielo troviamo!», dissi io allegro. «Domattina inizieremo a lavorare all'alba e prima che faccia buio ce la squagliamo! Ragazzi», aggiunsi voltandomi a guardarli, «vi rendete conto di quanto siamo ricchi? A me sembra fantastico.»

«Anche a me», convenne Franks, con l'aria seria. «Non parliamone più fino a che non avremo portato tutto a casa, al sicuro. Ah, tra l'altro, vado a dare un'occhiata alle funi di fissaggio. Se stanotte dovesse alzarsi il vento, questa non sarebbe una posizione ideale.»

Così dicendo, saltò giù nell'oscurità. Tornò dopo pochi minuti, rassicurato.

«Solo un uragano ci potrebbe spostare», disse. «Ma accenderò lo stesso i fanali. Un incidente nel buio non sarebbe uno scherzo.»

Andò in cabina e un attimo dopo la terrazza fu pervasa di luminosità riflessa, con due grandi cerchi di luce a rischiarare la rigida placidità dei mostri grotteschi scolpiti nella roccia.

Ci dirigemmo tutti alle rispettive cuccette, completamente esausti, e ci addormentammo in pochi minuti.

Quanto dormii non lo so. Fui risvegliato da un incubo confuso in cui spaventevoli figure assire mi bombardavano d'oro mentre sedevo nella sala da pranzo dell'hotel Savoy, creando un tale, impetuoso tumulto da far oscillare e ondeggiare come in un terremoto le colonne bianche e gialle del solido edificio. Avevo la sensazione che tutto l'albergo stesse scivolando senza sosta, con un terribile rumore stridente, in un abisso senza fondo che si era aperto per inghiottirlo. Faticai a districarmi nella baraonda di fantasmi tra il sogno e la coscienza, e tornai alla piena percezione sconvolto e allarmato.

L'aeroplano si stava sollevando, slittava, sobbalzava, un attimo prima veniva tirato e trattenuto da una corda, quello successivo si spostava di scatto come fosse stato slegato di colpo, salendo e scendendo da una parte all'altra, in mezzo a una burrasca che ululava tra le montagne simile a un uragano. Cascate di pioggia battente percuotevano tamburellando la capote di tela collocata sopra le nostre teste. Attraverso i finestrini della sala scorsi all'improvviso uno dei volti scolpiti nella roccia illuminato dal bagliore accecante di un lampo. Lo scoppio fragoroso di un tuono coprì la mia voce mentre gridavo per chiamare i miei compagni.

Ma si erano svegliati anche loro. La sala si rischiarò quando Jefferson, balzando in piedi, accese le luci. Franks si stava dirigendo alla porta della cabina di comando, barcollando come fosse su uno yacht agli ormeggi, sballottato da una bufera.

«Tra un attimo saremo alla deriva!», lo udii gridare mentre spariva oltre la porta. Capii subito cosa intendeva fare. Andava ad accendere i motori.

L'attimo passò e con uno schianto secco, nel bel mezzo di quel putiferio di vento, pioggia, lampi seguiti da tuoni, l'ultima fune si staccò. La fusoliera dell'aereo si sollevò. Sentii che un'ala raschiava sul terrazzamento mentre scivolavamo. Istintivamente mi aggrappai, per quanto inutile potesse essere, a un montante della mia brandina. Tra un istante saremmo arrivati sull'orlo del precipizio.

Proprio mentre mi stavo disperando perché quel rumore stridente era cessato, sentii il gradito rombo dei motori che riprendevano vita. Buon vecchio Franks! Potevo immaginarmelo, mentre lottava disperatamente con i comandi. Il mio sollievo durò meno di un secondo: con una rapidità da far venire il voltastomaco stavamo cadendo, all'indietro, in una spaventosa picchiata. L'aereo sbandò violentemente cercando di raddrizzarsi. I motori riecheggiavano fragorosi nell'abisso nero che intravedevo dai finestrini, spinti alla loro massima potenza, fino allo spasmo, eppure del tutto inutili – ne ero purtroppo consapevole – nella furia dell'uragano.

Poi ebbe inizio una disperata lotta per la sopravvivenza. Non aveva senso cercare di raggiungere Franks al posto di comando; anche se ce l'avessi fatta, non avrei potuto dargli alcuna assistenza. Per com'era la situazione, se non volevo rischiare la vita dovevo rimanere aggrappato dov'ero, per evitare di essere catapultato fuori dalla capote. Jefferson invece era scomparso, in un modo o nell'altro era riuscito ad andare ad aiutare il suo compagno. Ero solo nella sala che oscillava e volteggiava, sobbalzava, beccheggiava e si rivoltava, e io cadevo e mi rialzavo in qualsiasi posizione possibile e immaginabile. Il vento assaliva il velivolo con la violenza di un martello da demolizione. Mi chiedevo per quanto tempo avrebbe potuto tenere. I fanali erano ancora accesi. Attraverso i finestrini li vedevo a volte fare cerchi bianchi sulla superficie della roccia, altre sparare i loro fasci di luce nell'oscurità senza fine della notte. I motori ruggivano e rombavano come se, lottando per contrastare gli assalti brutali della tormenta, cercassero di trascinarci via da quel buco tra le montagne verso gli spazi aperti della stratosfera.

Dopo circa un minuto di incertezza, la catastrofe che mi aveva fatto rimanere con il fiato sospeso si verificò con feroce rapidità. Colpito da una terribile raffica di vento che vorticava contro il precipizio, l'aereo venne sbalzato, ribaltandosi. Una pioggia di oggetti sparsi per la cabina mi cadde in testa quando, aggrappandomi disperatamente al montante mentre venivo strattonato, sentii i miei piedi forare la capote. Simultaneamente, udii uno schianto e un rumore metallico, più forti del frastuono della bufera. Le casse piene d'oro, stipate in mezzo al velivolo senza essere legate, avevano sfondato il tettuccio di tela contro cui erano state scagliate! Nel rendermene conto – vedendo il nostro sudato tesoro che sfrecciava giù nel nero abisso sotto di noi

–, feci in tempo a scorgere un'ultima volta, benché a gambe all'aria, l'entrata della caverna con i suoi guardiani alati, vividamente illuminati da un lampo di particolare intensità.

Sarà stata la mia immaginazione, ma mi sembrò di udire un grido di trionfo soprannaturale, mescolato all'ululato selvaggio del vento. Nessuna teoria sulle perizie acustiche poteva essere plausibile, in quel momento.

In ogni caso, in quella situazione di critica emergenza non avevo nessuna intenzione di deplorare la perdita del nostro tesoro. Da un momento all'altro avremmo potuto perdere la vita. Le possibilità di sopravvivere erano talmente ridicole che non le considerai neppure. Eppure i motori continuavano a ruggire contro la furia della bufera e riuscivamo, nonostante fossimo capovolti, a mantenerci per aria. Mentre dondolavamo violentemente da una parte all'altra, avvenne il miracolo. Con un tuffo improvviso a muso in giù e una picchiata da ribaltare lo stomaco, tornammo nella posizione normale. Districai le gambe dal telo tutto strappato della capote e mi lasciai cadere sul pavimento. Per un attimo pensai con gratitudine a Franks, impavidamente attaccato ai comandi, che lottava con tutte le sue forze e le sue incredibili capacità. «Bravissimo, ragazzo!», gridai, anche se non poteva sentirmi.

Un attimo dopo fummo sbattuti violentemente contro la parete di roccia. Sentii un lato dell'aereo dilaniarsi con un boato. Era la fine! Un istante dopo stavamo scendendo ad angolo acuto con lunghi movimenti circolari. Seguendo i fasci di luce diretti verso il basso dei fanali, vidi un abisso senza fine le cui pareti ci vorticavano vertiginosamente attorno, nella nostra caduta a spirale. E all'improvviso dei grossi massi dritti sotto di noi, che si ingrandivano come vesciche gonfiatesi rapidamente. Il muso dell'aereo si alzò, di colpo storto su un lato. Ci fu uno schianto terrificante, poi solo il buio.

Furono tre uomini provati, sbrindellati e mezzi morti di fame – ancora sotto choc per il loro miracoloso salvataggio– quelli che quattro giorni dopo si trascinarono a Mosul. Si lasciarono dietro, in quella valle cupa, non solo un aereo sfasciato ma anche i lingotti d'oro che in una notte di tormenta erano piovuti dal cielo in qualche ignoto abisso. Mentre ammaccati e malconci uscivano faticosamente dal velivolo nell'alba che lentamente rischiarava la loro ripresa di coscienza, e cercavano a tentoni una via per tornare in luoghi abitati dall'uomo, non avevano osato alzare lo sguardo alla terrazza, inaccessibile anche al più ardito degli alpinisti, dove quei mostri alati scolpiti nella roccia proteggevano il tesoro delle tombe.

F. BRITTEN AUSTIN

Frederick Britten Austin (1885-1941) fu un prolifico collaboratore di varie riviste negli anni tra la Prima e la Seconda guerra mondiale, in particolare di «The Strand», su cui apparve la sua serie con il detective Quentin Quayne come protagonista. Tuttavia, se non fosse stato per l'inserimento di una delle storie con Quayne, Diamond Cut Diamond, *nell'imponente raccolta di Dorothy L. Sayers* Great Short Stories of Detection, Mystery and Horror – Second Series, *pubblicata nel 1931 e ristampata di frequente in svariati formati ridotti, il nome Austin sarebbe stato a mio avviso totalmente dimenticato. Quasi nulla di ciò che scrisse entrò a far parte di antologie, sebbene uno dei suoi primi racconti,* The Strange Case of Mr. Todmorden, *originariamente pubblicato su «The Magpie» nel dicembre 1913, fosse comparso in* The Evening Standard Book of Strange Stories *del 1934. Evidentemente al redattore della narrativa dell'«Evening Standard» piacevano le opere di Austin, perché il giornale ripubblicò altri suoi testi tratti dalle raccolte* Battlewrack *(1917),* According to Orders *(1918) e* On the Borderland *(1922), quest'ultima contenente la maggior parte delle sue storie del fantastico.*

Anche antecedentemente la Prima guerra mondiale, finché lavorò come impiegato presso la Borsa di Londra, vendette alle riviste svariati racconti, oltre al romanzo The Shaping of Lavinia *(1911), ma il giorno in cui fu dichiarata la guerra firmò per entrare nella Brigata Fucilieri di Londra. Per tutta la durata della Prima guerra mondiale prestò servizio presso la British Expeditionary Force e la Royal Army Service Corps, raggiungendo il grado di capitano. Utilizzò le sue conoscenze militari in molti racconti:* A Saga of the Sword *(1928) riportava in forma romanzata la storia della guerra,* A Saga of the Sea *(1929) le prime esplorazioni e battaglie navali e* The Red Flag *(1932) analizzava il potere popolare nei secoli.*

Eppure, alla morte di Austin nel marzo del 1941 per un «attacco epilettico», all'età di cinquantacinque anni, le sue opere andarono fuori catalogo e il suo nome cadde nell'oblio. Lo scrittore merita un destino migliore. Rimangono ancora molti testi, tra quelli scritti per periodici e riviste, che consentirebbero di compilare una valida raccolta di racconti fantastici e del mistero. Quello che avete appena letto, uscito nel numero di «The Strand» del gennaio 1921, sembrerebbe ideale per Indiana Jones.

Sono oltre duecento anni che esistono antologie di racconti di fantasmi e del soprannaturale. Viene definita antologia una raccolta di racconti o di poesie di più autori. In questa accezione, la traduzione di *Les mille et une nuits* (Le mille e una notte) che Antoine Galland pubblicò tra il 1704 e il 1717 può essere considerata una delle prime antologie, benché l'idea di tradurre e adattare novelle per inserirle in un testo strutturato e coeso risalga a molti anni prima. Basti pensare al *Decameron* di Giovanni Boccaccio, terminato nel 1353 e, tornando ancora più indietro nel tempo, alla *Ghirlanda* di Meleagro, che visse in Medio Oriente nel I secolo avanti l'era volgare. Vanta quindi sicuramente una lunga tradizione.

La prima antologia «moderna» basata su storie di fantasmi e racconti fantastici è stata quasi certamente la raccolta francese *Fantasmagoriana*, pubblicata nel 1812. Venne tradotta in inglese l'anno seguente con il titolo *Tales of the Dead*, il libro che Lord Byron e i suoi amici Percy Shelley, Mary Shelley e il Dr. Polidori leggevano nel giugno del 1816 a Villa Deodati, sul lago di Ginevra, e che fu all'origine della loro sfida di scrivere una storia fantastica ciascuno. Il prodotto più memorabile che ne derivò fu il romanzo *Frankenstein*, di Mary Shelley.

Da allora sono state almeno tremila le antologie di questo tipo pubblicate in inglese. Quando nel 1994 ne ho stilato un elenco, *The Supernatural Index*, ne ho catalogate personalmente duemilacento. Se è vero che poche di esse hanno avuto la stessa influenza dell'antesignana *Tales of the Dead*, non vi è però dubbio che le antologie di storie di fantasmi abbiano sempre potuto trovare una loro collocazione, raccogliendo peraltro al loro interno alcuni dei migliori e più indimenticabili racconti del soprannaturale. Tuttavia, mentre stilavo il mio elenco, è anche emerso in modo evidente che gli autori di queste raccolte ripiegavano con frequenza sugli stessi testi. *The Signalman* di Charles Dickens, *The Haunted and the Haunters* di Edward Bulwer-Lytton, *The Upper Berth* di F. Marion Crawford e *The Monkey's Paw* di W.W. Jacobs capeggiavano la lista delle *ghost stories* più ripubblicate. Se si dovesse raggruppare a caso una piccola quantità di ristampe di queste antologie, sarei molto sorpreso di non trovare tra di esse almeno uno di questi racconti. Non fraintendetemi: sono tutti testi eccellenti ed è più che giusto che ogni nuova generazione di lettori possa scoprirli, ma si corre il rischio di ricadere sempre sulle medesime storie ampiamente collaudate, senza andare a cercare quelle magari meno note ma di pari qualità.

Nel corso degli anni, comunque, alcuni autori di antologie sono usciti un po' dal solito tracciato per andare a recuperare scrittori meno noti e le relative opere, ampliando così la nostra conoscenza del genere e della vastità del materiale disponibile. Ovviamente, un altro modo per contribuire a questo obiettivo è produrre una raccolta di racconti assolutamente nuovi e originali, che di per sé è sempre un elemento positivo. Questo ci darà però una prospettiva e un'interpretazione contemporanea della letteratura del fantastico e, anche qualora l'autore decidesse di ambientare i suoi racconti in epoca vittoriana o edoardiana, lo farebbe sempre in chiave moderna.

Il mio proposito, con questa antologia, è stato quello di andare a scovare racconti che non sono mai stati ripubblicati ma risalgono a quell'Età dell'oro della letteratura gotica che è stato il trentennio tra il 1890 e il 1920. Sono ragionevolmente certo che questi scritti costituiscono una novità – o almeno si spera – per tutti i lettori, benché non si possa escludere di averne già incontrato qualcuno. Mi auguro però sinceramente che la mia convinzione che nessuno dei racconti sia stato ristampato dopo la sua prima (e perciò unica) pubblicazione si riveli esatta.

Il prodotto di questo lavoro sono testi che non solo risultano originali e sconosciuti ai più, ma che si propongono di far conoscere un filone di scrittori perlopiù dimenticati o celebri solamente per alcune loro storie del fantastico. Qualcuno potrebbe anche aver riconosciuto i nomi di F. Britten Austin e

Guy Thorne, piuttosto noti nella loro epoca per la narrativa singolare e spesso audace che li contraddistingueva. Gran parte di questi sono stati però ingiustamente dimenticati, nonostante alcuni, quali Huan Mee, James Barr, Lumley Deakin e Philippa Forest abbiano scritto diversi racconti fantastici.

Ho cercato di scoprire tutto quello che potevo su ciascun autore e redatto una breve biografia in coda a ogni racconto per fornire al lettore qualche informazione aggiuntiva, anche se ritengo che queste storie parlino da sole. Che conosciate o meno chi le ha scritte, sono convinto che le abbiate trovate indimenticabili in sé. Non tutte suscitano orrore o paura. A mio parere, una *ghost story* può essere tale a più livelli, che vanno dal brivido inquietante dell'ignoto all'atmosfera sinistramente evocativa di qualcosa di anomalo o di misterioso. Qui avete percorso tutta la gamma del soprannaturale e spero che ogni racconto abbia lasciato un segno nella vostra memoria, affinché questi fantasmi non siano più dimenticati.

Dall'introduzione originale di Mike Ashley

FONTI DEI RACCONTI

Tutti i racconti di questa antologia sono di pubblico dominio. Qui di seguito sono elencati nell'ordine cronologico della loro prima pubblicazione.

Mee, Huan, *La morte fantasma*, «Cassell's Magazine», marzo 1900.

Thorne, Guy, *Un sovrano di rime amorose*, «The Lady's Realm», dicembre 1905.

Philips, Austin, *La parola mancante*, «Pall Mall Magazine», novembre 1907.

Barr, James, *L'anima di Maddalena Tonelli*, «The Red Magazine», dicembre 1909.

Deakin Lumley, *Fantasmi*, «The New Magazine», ottobre 1914.

Wright, Hugh F., *Sul Lungotamigi*, «The Blue Magazine», settembre 1919.

Forest, Philippa, *In potere degli spiriti*, «Pearson's Magazine», maggio 1920.

Austin, F. Britten, *Il tesoro delle tombe*, «Strand Magazine», gennaio 1921.

Purves, Eric, *La casa del male*, «Pearson's Magazine», maggio 1929.

BIBLIOGRAFIA DELL'EDIZIONE ITALIANA

De Montaigne, Michel, «Filosofare è imparare a morire», in *Saggi (1571-1580)*, a cura di Fausta Garavini, Mondadori, Milano, 1970.

Shakespeare, William, *Pene d'amor perdute*, in *Le commedie*, traduzione di Tommaso Pisanti, Newton Compton, Roma, 2012.

Stevenson, Robert Louis, *L'isola del tesoro*, traduzione di Angiolo Silvio Novaro, Mondadori, Milano, 2011.

Wilde, Oscar, *La ballata del carcere di Reading*, traduzione di Marco M.G. Michelini, Artifex Edizioni, Lurago Marinone, 2011.

Mike Ashley è uno dei massimi esperti inglesi di narrativa fantastica, autore di libri e collaboratore di riviste e periodici. Ha vinto il prestigioso premio Edgar Award. Vive nel Kent, in Inghilterra.

SOMMARIO

Scopri il catalogo Vallardi
sempre aggiornato con le ultime novità
www.vallardi.it

PEFC
PEFC/18-31-226

Certificato PEFC

Questo prodotto è realizzato con materia prima da foreste gestite in maniera sostenibile e da fonti controllate

www.pefc.it

Finito di stampare
nel mese di ottobre 2023
da Grafica Veneta S.p.A.
Trebaseleghe (PD)